HIELO SECO

Por

Jorge Sánchez López

NOTA DE AGRADECIMIENTO

A mis padres, Jose y Antonia, sin quienes, obviamente, no estaría aquí.

A mis hermanas Elena y Sara y al resto de la familia, que es el principal motor de la vida. A todos mis amigos y seres queridos.

A todos los maestros y profesores que formaron mi forma de pensar. A Manuel de Juan Espinosa, por enseñarme principios de Psicología Policial y Criminológica hace muchos años.

A Ray por sus útiles consejos, revisión y formación.

A la escuela de escritores online donde di forma a esta novela corta, y especialmente a María.

A Terrie Balmer, mi editora, que revisó a fondo el manuscrito, diseñó la portada y me dio una oportunidad única de ser leído a escala internacional. También me gustaría mencionar a todo el equipo, por su gran compromiso social y artístico.

A Pablo Molina, mi bisabuelo, el escritor a quien no pude conocer, pero cuya curiosidad y afán de expresarme parezco compartir.

A English Station, donde me he desarrollado profesionalmente durante los últimos años.

A Lara, de Virginia, por animarme a presentar el texto a editoriales norteamericanas. A Jaime y Luis, editores de mis anteriores libros en España.

A todos los dependientes, coordinadores y promotores de Casa del Libro en España, gracias a los cuales estoy aprendiendo mucho sobre literatura y hablando con los lectores cara a cara.

A todos los lectores de todo el mundo por embarcarse en este proyecto.

"Si pudiera inventarse algo-dije impulsivamente-para embotellar los recuerdos, como los perfumes... Para que no se disipasen, para que nunca pudieran ponerse rancios... Cuando quisiéramos, podríamos destapar el frasco y sería como vivir de nuevo el momento guardado."

Daphne Du Maurier, *Rebecca*

"Y ahora que sabes qué aspecto tengo realmente, ¿podrás soportar mirarme?"

George Orwell, *1984*

I

23 de agosto de 2018

APENAS ERAN LAS seis y media cuando Juan recibió la llamada de su esposa. Dudó entre contestar o no. Desde hacía varios meses, la relación parecía ir en picado. En realidad, no tenían grandes problemas. Quizá ahí radicaba la cuestión: no pasaba nada entre ellos. Los días y las semanas dibujaban un camino en zigzag que resultaba bastante menos excitante de lo que había proyectado al salir de la Facultad de Empresariales. Al final decidió responder.

—Hola, cielo. ¿Qué tal estás?

Adriana se lanzó directamente a contarle su plan:

—Me voy una semana en agosto a Oropesa con Malory y su marido.

A Juan no le entusiasmó la idea. «¿Otra vez con la irlandesa aquella?

—Juan, ¿sigues ahí?

Se hallaba absorto, mirando el atrapasueños que colgaba del retrovisor.

—Muy bien—replicó con resignación.

—No parece que te agrade demasiado—le espetó ella.

—¿Y ya tienes el billete? Necesito el coche.

—Me recoge ella y me lleva.

—Eh...vale, te dejo, tengo que conducir. En un rato te

veo.

—Un beso.

—Hasta ahora, cariño.

Se guardó los celos y la envidia en su interior. No iba a ser jamás capaz de hacer que las vacaciones le coincidieran con las de Adriana, que trabajaba en una escuela infantil de la zona. En su lugar, él siempre tenía que mendigar una semana en octubre, otra en Navidad y el resto cuando le daba la gana a la directiva.

Adriana, cordobesa de nacimiento, acento ya muy rebajado, se había mudado a El Grao, aquel sosegado pueblo de la costa mediterránea donde se conocieron. No celebraron boda, pero poco importaba, ya que su matrimonio estaba formalizado con documentos.

Pasada la treintena, no habían tomado una resolución definitiva acerca de si tener hijos, lo cual era motivo de discusión habitual entre ellos. Los fines de semana los pasaban en la ópera o el teatro, en restaurantes, caminando por la playa o dando vueltas por las tiendas del centro comercial, sin rumbo fijo.

Tan pronto engulló la cena, Juan se retiró a su habitación en soledad, media hora antes que ella. Se sentía cansado y débil. Cerró lentamente los párpados y evocó su encuentro con los irlandeses, varios años atrás.

"Ven a cenar con una compañera de facultad", propuso Adriana para celebrar su ingreso en una escuela infantil en la que permanecieron unos cuantos meses. En el restaurante solo se encontraban unas cuantas parejas y pequeños grupos de amigos.

Malory se mostró un poco cotilla y tuvo la impresión de que hablaba con demasiada intensidad sobre los niños, las canciones que elegían cantar con ellos y, en general, su rutina laboral. El marido, un adulador que simulaba interés por todo lo que hacían, con tal de darles conversación. "Muy interesante", repetía una y otra vez. Juan percibió la situación como un trámite más para una persona reservada como él, que aborrecía presentarse en sociedad. Valoraba mucho la intimidad con Adriana y procuraba gozar de tiempo de calidad con ella, puesto que ya se sentía demasiado fatigado por el día a día como promotor de eventos y las visitas a familiares.

El tal Brendan, en cambio, no paraba de contar anécdotas sobre su empleo como comercial de seguros, en el que se jactaba de tener excelentes resultados. Quería asegurarse la opinión positiva de los demás. Para colmo, Juan despreciaba todas esas muestras de efusividad; procuraba ser diligente en todo lo que hacía y correcto con sus amistades, sin caer en falsos cumplidos.

Todo habría sido irrelevante si no hubiera empezado a advertir cómo Adriana miraba al irlandés. Juraría que, con ese tono chulesco, él buscaba impresionarla y quedar por encima. Los dos tenían un brillo en sus ojos que le parecía sospechoso.

Nunca le dijo nada, evidentemente, porque jamás se le ocurrió que una chica tan romántica y sensible como Adriana le diese mayor importancia a las llamadas de atención de aquel mequetrefe, pero la frecuencia con la que la mujer iba sola a casa de sus amigos terminó por irritarlo. Con la mente enredada en los recuerdos, cayó plácidamente dormido, sin saber que se avecinaba lo peor.

II

31 de agosto de 2018

En EL BORDE de la piscina comunitaria, Brendan señala a un grupo de niños que juegan a tirarse agua y a insultarse. Adriana y Malory giran la cabeza y los tres estallan en una carcajada. Brendan hace un esfuerzo para ver la hora en el reloj de la pared.

—Van a ser las tres y media. ¿Vamos al jacuzzi?— propone.

—Yo no voy, me quedo aquí—explica Adriana.

—¿Por qué?—pregunta Brendan.

—Bueno, ya sabéis que no me gustan esos sitios. Se está de lujo ahora que no hay mucha gente. Luego, si queréis, podemos ir a merendar.

—Si es que eres muy rara—ríe Malory—.Lo tenemos reservado hasta las seis, pero seguramente a las cinco y media hayamos terminado. Vas a ver, Te voy a llevar a un sitio donde hacen unas tortitas que alucinas.

—¡Qué hambre! Venga, pasadlo bien.

En la puerta del recinto espera Lidia, la joven recepcionista, que da las instrucciones a Brendan y a Malory con un ligero tartamudeo. Es morena y viste con una camiseta de Metallica y vaqueros ajustados.

—Por favor, tenéis que po-poneros las chanclas y llevar los gorros dentro de las instalaciones.

—Sí, nos los han dado antes—manifiesta Brendan.

Lidia introduce la llave en la cerradura y se marcha

por donde ha venido, dejándolos a su libre albedrío. Los pasillos de los vestuarios de chicas, por donde se pasean entre risas, como colegiales que se regocijan al infringir las normas, dan a parar a un *spa* en cuyo centro destacan dos enormes cataratas. Malory empuja a su compañero, que a duras penas logra lanzarse de cabeza.

—¡Venga, tírate!—grita Brendan, con la espalda bajo uno de los chorros, el cabello cayendo sobre los ojos.

 Malory salta, a bomba, salpicando un gran volumen de agua.

—¿Es que nunca vas a aprender?

Ella se acerca, rodea su cuello con las manos y le besa rápidamente en los labios.

Pasados diez minutos, Brendan sugiere ir a la sauna.

—Eso es un agobio. Si te vas a meter ahí te espero en los jacuzzis—responde Malory.

—Es muy bueno para la respiración y…

—Nada, no me convences.

—Bueno, pues en un rato te veo—anuncia, y le planta un beso en la frente.

En el reducido espacio de la ruidosa sauna, Brendan nota el sudor caer por sus mejillas. Se queda mirando la estufa de leña. Los poros de la nariz se le abren. Sentado sobre la toalla, lo envuelve la estructura de madera. Su cuerpo absorbe el calor de la radiación mientras reflexiona sobre lo afortunado que es al tener a una mujer tan especial, creativa e inteligente a su lado. Pintura, música, literatura, ningún arte se le resiste. Tampoco puede quejarse de su belleza. Hoy luce sus espectaculares curvas, con ese bikini escotado en forma de V que él le regaló el año pasado. Como los dos están de buen humor, seguro que podrán pasárselo bien y hacer travesuras allí dentro. ¿Habrá cámaras? Le encantan las pelirrojas como ella, con esa melena hasta la cintura. Ahora que se han aventurado a tener el niño, pedirá un traslado a la aseguradora. Venderán el piso cutre que le compraron a Gerard y se mudarán a un chalet con jardín para que su futuro hijo tenga espacio para correr. Está decidido a convencerla.

Empapado en sudor, se percata de que se ha despistado.

—¿Qué hora será ya? Voy a bañarme con Malory". Se seca y abandona la sauna. Está en el *jacuzzi* central. Nada más divisarla en la distancia, experimenta un estremecimiento que le sube desde el estómago hasta el rostro. Corre atropelladamente, con las manos entumecidas, sin admitir la realidad de la escena.

—¡Malory! ¿Qué te pasa? ¡Malory!

La encuentra boca abajo; la voltea y le zarandea la cabeza desde atrás. Se horroriza al ver su plácida sonrisa. Percibe la rigidez y el frío de sus brazos. En el ojo derecho, un horrible moratón. No hay respuesta.

—¡No! ¡No! ¡Socorro!—grita. Le invade una sensación de ahogo. Una enorme náusea. Como si saliera de su propio cuerpo. Me voy a morir.

Jadeando, intenta salir del recinto con paso torpe. En el umbral, se marea, tropieza y se desploma. A su llamada de auxilio acude Ferrán, uno de los socorristas de ese turno. El hombre, de unos cincuenta años, peludo y robusto, le toma el pulso con cuidado.

—¿Qué ocurre, te encuentras bien?

Brendan no atina a articular palabra, pero la terrible imagen del fondo corrobora su desgracia. Alex, el socorrista más joven, cruza la puerta y se topa, por primera vez, con una situación difícil en su trabajo.

—¿Qué hostias pasa?—inquiere al ver a Ferrán de rodillas reanimar a Brendan.

—Llama al 112, por favor—se limita a decir el otro con tono impaciente.

—Pero, ¿y la mujer de allí?

—¡No tenemos tiempo que perder!

—¡No tengo teléfono!

—¡Toma, llama ahora mismo!

El muchacho camina hacia la salida. Con voz nerviosa, contacta con el servicio de emergencia. Junto a la piscina exterior es observado por numerosos turistas. Los minutos se le hacen eternos. No ha presenciado nada semejante en todo el verano.

Mientras Ferrán se aparta de la escena con un ligero mareo, por fin aparecen dos enfermeros protegidos con equipos de respiración autónoma, que pasan sorteando la avalancha de curiosos que Alex se encarga de detener.

Uno de ellos, con voz tranquila, da indicaciones a Brendan para que respire; el otro se dirige al jacuzzi.

—Mi...mi mujer...está inconsciente—acierta a balbucear, aún sin seguridad en su afirmación.

El otro especialista comprueba que el corazón de Malory se ha detenido. Una vez que han acomodado a Brendan en la ambulancia, se presentan varios policías de una Patrulla de Seguridad Ciudadana. Gerard, el responsable de Promociones Helio, llega casi enseguida, arrastrando sus zapatos marrones de ante.

—¿Dónde está la señora?—murmura de forma pausada, con su ligero acento parisino, ante el escrutinio de los agentes en el umbral de la puerta.

—¿Es usted el dueño de la agencia?—pregunta con esfuerzo bajo la mascarilla José Javier Almanzor, inspector de la Unidad de Delincuencia Especializada y Violenta de la Policía Judicial, donde lleva cinco años como inspector investigando homicidios y desaparecidos. Es alto, moreno, con perilla grande y pómulos marcados.

—Así es—responde Gerard con voz pausada.

Almanzor fija los ojos en la camisa blanca de seda del francés, que escudriña desde la distancia el cuerpo flotante. Al fondo de la sala, tras el *spa*, el primer equipo que recoge información de la escena tiene cercada la bañera de hidromasaje del centro.

—Por favor, no se acerque, Gerard — Roberto Fernández, el oficial que acompaña a Almanzor, acompasa el imperativo con un toque en el hombro. Se les ha requerido a ambos que acudan como personal policial adicional. La zona está acordonada, a la espera de que nuevos miembros de la policía acudan a tomar huellas antes del levantamiento del cadáver.

El gerente mira a ambos lados, confundido.

—¿Quién se encarga del mantenimiento?—dispara José Javier. Observa a la mujer, envuelta en una nube de nieve carbónica. Ni un rasguño, la palabra suspendida en los labios, o al menos eso imagina. Todo apunta a un ahogamiento por asfixia.

Tres efectivos hacen fotografías desde distintos ángulos. El cadáver está inclinado y con los brazos extendidos.

A Gerard se le traba la lengua.

—Es una empresa llamada Gris.

—¿Solo Gris?—se extraña Roberto. Hace ademán de preguntar algo más.

—¿Tiene el teléfono?—profiere Almanzor, adelantándose a los acontecimientos.

Desalojan todas las habitaciones y la piscina. A Adriana, la amiga de la pareja, le piden que también se mantenga alejada. Las cámaras vuelven a agolparse sobre el círculo de agua espumosa. Dos miembros de la patrulla toman notas y dibujan la escena.

—La señora se ha ahogado mientras su marido estaba en la sauna—explica Almanzor.

—¡Pero es imposible! ¡No cubre! ¿Qué había en el agua?—gimotea Adriana, aguantando un fuerte golpe en el pecho.

—Lo sabremos cuando tengamos el informe forense. Siento mucho lo que le ha ocurrido a su amiga, pero tiene que retirarse. Déjeme su número y la mantendremos informada.

—Por favor, déjeme pasar—suspira ella, visiblemente angustiada.

Con una intensa opresión en la garganta y el estómago, intenta sin éxito convencer al policía de que le permita ver a Malory, limitándose a repetir constantemente la misma petición. Al final, Roberto la coge por el brazo y la acompaña hasta la puerta trasera. Tras desalojar la piscina común, el oficial se dirige a la recepción, donde exige a un grupo de personas que tomen el ascensor ordenadamente y regresen a sus casas. En la calle el barullo es patente, aunque algunos permanecen en sus vehículos, a la espera de nueva orden.

Las enfermeras toman la tensión a Brendan dentro de la sala de urgencias del hospital de Oropesa. Sigue hiperventilando. Le administran Lorazepam, 1 miligramo. Insiste en avisar a toda su familia en Dublín. "En cuanto te mejores", le indican. Si es necesario, lo harán por él.

—¿Por qué no entré con ella?—se lamenta desesperadamente— A Malory no le hacen gracia las saunas.

La enfermera le trae el teléfono. Aún lleva puesto el pantalón, así que hace un esfuerzo por acercárselo a la oreja. Le despierta una voz grave:

—Soy José Javier Almanzor, inspector de policía nacional.

—¿Qué ocurre? ¿Qué...qué han descubierto?

—Lamentamos comunicarle que su esposa ha

fallecido.

Tarda en reaccionar.

—¡No! ¡No!—su grito ronco se ahoga en el aire.

—Lo sentimos de veras. Necesitaremos que, si es tan amable, venga a declarar en cuanto se recupere. Posiblemente le llamarán mañana.

Apenas se demoran en subirle a planta. Pasará la noche en observación.

Adriana, aún sin creerse lo sucedido, llama a Juan, que contesta después de un par de tonos.

—Hola, amor—se dirige a ella con ternura.

—¡Juan! ¡Ha pasado algo terrible!

—¿Qué? No me asustes. ¿Qué ocurre?

—¡Malory ha muerto!—chilla con respiración entrecortada.

—¿Cómo?

—Ha aparecido en el jacuzzi. ¡No saben! Estoy muy nerviosa.

—¿Le ha dado un infarto?

—No sé, no sé. Tendré que declarar más adelante. Esta tarde, esta tarde mismo voy para allá.

—¿Seguro?—se muerde el labio superior y roza con el mentón el teléfono.

—Sí, sí, en cuanto me tranquilice salgo.

—Tranquila, ya hablamos. Te quiero.

El camino es de una hora por carretera, al menos para alguien como Adriana, que no se caracteriza por ser amante de la velocidad.

Cuando Juan entra, ella ya le espera, ensimismada en el sillón sin poder moverse. Después de abrazarla, intenta inútilmente consolarla con caricias. Durante la cena, el hombre piensa en la maldita hora en que ella decidió ir de veraneo con sus amigos, pero no dice absolutamente nada. Ella, a regañadientes, accede a comer un poco de embutido y un par de piezas de fruta, que le cuesta una infinidad deglutir, mientras le detalla la escena. Él escucha con atención y examina su rostro, pero no muestra asombro.

Cansada, Adriana se va a la cama, esta vez antes que Juan. Necesita coger fuerzas para lidiar con tantos niños en la escuela infantil. Aunque solo consigue dormir dos horas, se presenta como un clavo a las siete y media en su puesto.

III

2 de septiembre de 2018-Universidad Jaume I

José Javier Almanzor

"NO SÉ SI ALGUIEN tiene preguntas...Sí, la diferencia entre el sistema de activación conductual y el de inhibición es que el primero sirve para obtener una recompensa: dinero, curro, sexo, lo que sea. El segundo...el segundo se basa en la evitación del castigo. Por ejemplo, el niño que no se atreve a llegar tarde a su casa por si se lleva una bronca. Ambos sistemas están tocados en ciertos delincuentes, que tienen el de activación demasiado alto o el de inhibición bajo. ¿De acuerdo? ¿Alguna cuestión más? ¿No? Bueno, nos quedamos sin tiempo. Si vais a formaros como criminólogos, necesitaréis mentalizaros. Sé que muchos os habéis apuntado por una curiosidad morbosa. En una de mis clases del año pasado se me mareó un alumno porque pusimos un vídeo sobre el asesinato de un bebé. Si alguien se siente incómodo y no puede continuar, por favor que me lo diga: "Oye, José Javier, que esto me tiene frito". A lo mejor queréis ser como Clarice Starling y cuando haya un asesino os lo rifáis. Pero, francamente, esta es una carrera de fondo y no os van a dar medallas así como así. ¿Vale? Muy bien, nos vemos en la próxima, esto es todo por hoy, recordad que estoy en mi despacho para tutorías los miércoles a las once y media".

Almanzor sale a paso ligero del aula al percatarse de la vibración del móvil en el bolsillo de la americana.

Comprueba que es su jefa, la comisaria Isabel Camacho, que llama desde Castellón.

—Hola, ¿qué tienes?

—Hemos estado considerándolo seriamente y queremos que te encargues tú.

El subordinado suspira y se rasca la sien izquierda.

—¿No hay otro al que jorobar?

—Almanzor, tú eras el que decías que tenías muchas tareas pero que estabas estancado. No hay otro mejor que tú para esto.

Calla durante unos segundos antes de aceptar.

—¿Por qué no?

—Bueno, un caso dudoso de homicidio. Según el estudio preliminar, no hay huellas. Todo psicología. Tú eres el experto.

Sabe que, cuando Isabel habla de este modo, no existe ninguna intención irónica en sus afirmaciones.

—¿Y qué pasa con las clases?

—No hay problema, dile al coordinador del departamento que necesitas una baja con urgencia. Solo has hecho la presentación, ¿no?

—Vale, lo pensaré.

—No hay nada que pensar. Mañana tendrás a Brendan y por la tarde al francés, al de la agencia. Interrógalos y, cuando acabes, me llamas y hablaremos de las reuniones.

—De acuerdo, Isabel, hasta mañana—se despide con solemnidad.

Con la mente aún en el nuevo encargo, deambula por el aparcamiento buscando su Opel Corsa seminuevo.

En cuanto da con él, arranca y pisa el acelerador con firmeza. En menos de media hora se presenta en su casa, besa a Sonia y al pequeño Izan y se despatarra en el sofá.

—¿Qué tal? ¿Qué pasa con lo del *jacuzzi*?—pregunta Sonia.

—Me lo han dado—declara él con desgana. No obstante, capta el entusiasmo que su noticia provoca.

—Bueno, ¿y eso es tan malo? Lo harás estupendamente. ¿A que sí, Izan?

El pequeño asiente.

—Sí, genial. Menudo marrón.

—¿Has empezado el cole, papá?—pregunta el niño, fascinado, incluso más que de costumbre, ya que le faltan unos días para empezar el primer curso de primaria. El padre esboza una sonrisa.

—Sí, pero me va a ayudar otro profesor. Yo estaré muy ocupado persiguiendo a los malos.

Izan mira al hombre de arriba abajo; da vueltas a un cubo de peluche con las manos.

—¿Como en los dibujos de Batman?

—Igual, hijo, pero siendo más guapo.

Los tres se miran y estallan en una carcajada.

IV

BRENDAN ACUDE A la comisaría por su propio pie. Se identifica a la entrada ante un policía joven, que lo cachea tras atravesar el detector de metales. Los dos cuerpos se notan bien trabajados, aunque podría afirmarse que, a sus cuarenta años, el irlandés supera al otro en tamaño de bíceps y anchura de hombros. Una vez completado el proceso, es acomodado por un subinspector de pelo canoso en la sala de espera, donde un adolescente narra a sus padres, seguramente por enésima vez, el robo de su cartera con dinero y documentación.

En dos minutos, una oficial le indica que pase al fondo. Allí, tras notar el sonido chirriante de la puerta, se topa con Almanzor, en posición firme, con expresión severa. A la derecha, Roberto repasa una montaña de papeles en su asiento.

—Buenos días, Brendan. Siéntese—le ordena el inspector— Como le hemos dicho por teléfono, tenemos una orden judicial—aclara.

—¿Voy a quedarme aquí?—balbucea Brendan.

—Necesitamos que haga una declaración. Pasará el día arrestado. Tiene derecho a permanecer en silencio. Cualquier cosa que diga podrá ser utilizada en su contra ante un tribunal. Tiene derecho a un abogado. Si no puede costearlo, se le asignará uno de oficio. Mañana lo llevaremos al juzgado para que preste testimonio. ¿Lo ha comprendido?

Contrariado, Brendan sostiene entre sus temblorosas manos el documento de identidad. Tal y como se le precisa, se quita el cinturón y con delicadeza deja su cartera, las llaves y el teléfono móvil sobre la mesa. Almanzor comienza entonces con las preguntas, al tiempo que Roberto se dispone a escribir sobre el teclado.

—Dígame, ¿cómo sucedieron los hechos?

Brendan toma aire y observa al agente cruzar los brazos.

—Puede tutearme…Mi mujer y yo reservamos las instalaciones para el día 31, el jueves——explica de manera atropellada— Sobre las cuatro de la tarde nos bañamos, como unos diez minutos, en el *spa*. Después Malory se quedó en uno de los tres *jacuzzis*, el del centro. Yo me metí en una de las saunas, como una media hora. Ella no quería todo ese calor. Al salir, la vi tumbada boca arriba. No respondía por más que traté de despertarla. Entonces fue cuando sufrí un colapso y los socorristas llamaron al 112.

—¿Por qué entraste solo en la sauna?

—A ella no le gustan, pero sirven para eliminar toxinas y mejorar la circulación.

Por su expresividad, Almanzor piensa en una posible tendencia a mostrar su inteligencia ante los demás y a salirse con la suya. Su inquietud, sin embargo, no corresponde a una personalidad fría capaz de cometer un crimen sin inmutarse.

—¿La tocaste?

—Sí, me metí en el agua y la arrastré a la superficie; le hice el boca a boca, pero no se movía. El socorrista vino corriendo a ayudarme—dice Brendan agitando los antebrazos.

—Lo que sucedió, probablemente, es que tu mujer fue intoxicada. Había un exceso de hielo seco: dióxido de carbono sólido que se convierte en gas sin pasar por el estado líquido. En principio no es tóxico, pero en elevadas concentraciones puede provocar la muerte. Tal vez haya sido mezclado con otras sustancias—explica Almanzor.

—¿Cómo puede ser? No entiendo nada.

—Los forenses se encuentran analizando la escena.

—¿Vuestra amiga Adriana no se encontraba con vosotros?—interviene Roberto, observando la inapropiada camiseta de flores del irlandés.

—No le apetecía venir, dijo que prefería dejarnos solos.

—¿Sabes dónde se quedó ella?—pregunta el oficial.

—Sí, en la piscina.

—¿Quién pudo introducir el hielo?

—No sé, no tengo ni idea—se encoge de hombros.

Roberto y el inspector se miran arrugando la frente.

—Debes tener en cuenta que, aunque no es del todo seguro, en caso de descartarse un error de la empresa, las pistas apuntan a una intoxicación —zanja Almanzor, clavando sus grandes ojos en los de Brendan.

—¿Oiga? ¿Qué insinúan? ¿No pensarán que...? ¡Esos canallas pagarán por lo que han hecho!—vocifera.

—No grites ni amenaces a nadie. Lo sentimos mucho por tu esposa, pero nosotros no afirmamos nada. De momento, no nos queda otra opción que dejarte en detención preventiva hasta mañana. Es un trámite obligatorio. ¿Has estado alguna vez en el calabozo?—indaga el inspector.

Los dos policías descubren cómo le tiemblan las piernas.

—Bueno...una vez, por conducir a 170, unas dos horas. Fue hace mucho—susurra.

—¿Cuánto tiempo?—demanda Roberto.

—Cinco años, cuando nos mudamos aquí. La carretera era de 120. No lo he vuelto a hacer.

—¿Dónde os conocisteis?—dice de repente Almanzor.

—¿Y eso qué importa? En una fiesta de unos amigos. Fuimos al Phoenix Park, uno enorme que hay en Dublín, y después a una discoteca.

—Lo conozco, he viajado mucho, señor—presume José Javier, procurando empatizar—. Un lugar precioso... ¿Estáis casados?

—Sí, la boda la celebramos en Irlanda y hace algo más de tres años que vinimos aquí.

—De acuerdo, ¿y a qué os dedicábais?

—Yo soy comercial de seguros en una empresa. Malory trabaja, trabajaba—le duele utilizar aquel tiempo pasado—en un centro infantil. ¡Íbamos a tener un hijo, joder! Sus ojos enrojecen y rompe a llorar.

—Lo siento de veras. Entiendo tu dolor porque soy padre. Cuanta mayor información tengamos, antes se resolverá. ¿Qué relación tienes con tu cuñada, la señora Eileen? Nos consta que vive aquí, ¿verdad?

—Tengo una sobrina de dieciséis años, se llama Sinead. Nos llevamos bien. Vamos los domingos a veces—se da cuenta de que esta vez utiliza el presente.

—De acuerdo, suficiente por ahora. Quítate los cordones de los zapatos. Cuando termines, pasas a la habitación del fondo.

El calabozo es un cuarto oscuro donde Brendan se sienta sobre un banco de madera, mucho más frío que el del *jacuzzi*. El destino le ha mostrado su cara más canalla. En la pared han raspado con algún objeto punzante varios nombres y alias: Sarri, Pablo, César, Marquitos, Pitu. Dentro del despacho, Almanzor toma un café solo y da instrucciones a Roberto para comprobar los antecedentes policiales, mientras repasa las fotografías del crimen en busca de algo inusual. Hace una pausa y proporciona en la celda al detenido un bocadillo, agua y unas galletas con el escudo del cuerpo de policía en el envoltorio.

—Me dirá que lo tratamos mal—bromea— Nadie hace los bocadillos como aquí.

El otro lo mira confundido. Almanzor cierra de nuevo con llave y se dispone a llamar a Gerard:

—Sí, ¿dígame?

—Buenos días, ¿Gerard Briand?

—Sí, soy yo.

—Soy el inspector José Javier Almanzor, le llamo de la comisaría de Oropesa del Mar. Necesito que acuda para hacerle algunas preguntas—dice con voz relajada.

—Ah, sí, de acuerdo.

El avezado inspector adivina su afán por ocultar el nerviosismo.

—Persónese a las cuatro—le ordena con decisión.

V

FRENTE A LA entrada de la comisaría, Gerard se repite a sí mismo que no tiene nada que esconder, pero le incomoda verse salpicado por un escándalo como ese, que quizá acabe por salir en televisión. Ahora le espera contar lo mismo a la policía y a los jueces, como si no bastara con dejarlo claro una sola vez. Mantendrá su reputación, como empresario y como persona, se promete mientras coloca su corbata al subir por la rampa que precede al control de accesos.

Como Almanzor se ha cerciorado de que las copias de las fotografías que le han proporcionado los forenses están guardadas, el despacho presenta el mismo aspecto que cuando interrogaron a Brendan, todavía encerrado en el calabozo: ordenado, pero con dos montañas de papeles junto al ordenador.

Al estrechar la mano del promotor inmobiliario, el inspector comprueba que aplica la firmeza esperada. Se fija en que ha cambiado su anillo e incluso el dedo en que lo lleva, por lo que deduce que está casado y es amante de la abundancia. Enfrente de Gerard, Roberto termina de teclear unos datos en el ordenador, se levanta, saluda y le invita a que tome asiento.

—Bien, Gerard, facilíteme su documentación— añade.

El carnet reza que Gerard Briand Bélanger tiene cincuenta y dos años. El oficial se sorprende: a pesar de su calvicie, no los aparenta, dada su falta de arrugas.

Almanzor permanece en silencio un momento antes de explicar:

—Parece que las partes mecánicas del *jacuzzi* no presentan ningún fallo. Todo indica que hay un exceso de hielo seco. ¿Habló usted con los operarios de la empresa el día en que se produjo el... ¿accidente?

Aunque no le cabe duda de que fue provocado, prefiere no emplear una táctica inadecuada que ponga en tensión a su interlocutor. El francés se rasca la cabeza, como haciendo memoria.

—No personalmente. Yo estoy en la inmobiliaria. Los operarios realizan entregas de material con cierta periodicidad. Me consta que rellenaron el parte de entrega de una caja de 25 kg el día anterior, pero no necesitan hablar conmigo directamente para ello.

—¿Quién se encontraba en la recepción?

—Fue por la mañana, supongo que estaría Lidia, la chica que atiende en ese turno.

—¿Supone?—le fulmina con una mirada ácida.

—Sí, ella se ausentó a las doce para acudir a una cita médica, y Francisco la sustituyó en ese intervalo, pero el parte especifica que eran las diez y media. No estoy seguro de quién trajo el material.

—Nos encargaremos de comprobarlo. ¿Y quién tiene las llaves del *jacuzzi*?

—La propia Lidia, que fue quien les abrió, posee una copia. La otra se encuentra en mi oficina, por si se produce una pérdida. La reserva era de tres y media a seis.

—¿Había alguien en la piscina?

—Sí, Alex, el socorrista.

—¿Cree usted que alguien pudo intentar hacerle daño?

A pesar de su dilatada experiencia, Almanzor necesita realizar aquella ingenua pregunta, ya que lo escalofriante del caso reside precisamente en la imposibilidad de determinar si se trata de un asesinato, tan macabro como limpio, sin marcas y sin sangre, o bien de una simple irresponsabilidad técnica compartida por la empresa de mantenimiento y la agencia. ¿Entró alguien más en ese intervalo, con marido y mujer separados, cada uno en una esquina?

—Ella era bastante pacífica, no tenía enemigos.

—¿Qué más puede contarnos de la fallecida?

—Vivía en uno de los pisos.

—¿En cuál? —toma el relevo Roberto.

—Habitación 101.

—¿Desde cuándo llevaba allí?

—Siete años. Se lo vendí yo mismo. Por aquel entonces había buenas promociones.

—¿Qué relación tenía con ella?

—Como casero, me limitaba a solucionarle problemas de mantenimiento de las instalaciones. Llamaba a los profesionales adecuados. Otras veces la ponía en contacto con la inmobiliaria. Ella era la que solía dirigirse a mí primero.

—¿Y el marido?

—Brendan, apenas hablábamos, menos cuando él la

acompañaba a mi oficina. Siempre me llamaba Malory.

—¿Cómo cree usted que era la relación entre ellos?—cambia de rumbo Almanzor.

—Hacían buena pareja, por lo que parece. Cuando llegaron ya llevaban tres años viviendo juntos en Irlanda.

—¿Y Adriana, la mujer a la que tenían de invitada?

—La había visto antes, hace un par de veranos. Ya saben que aquí conviven los habitantes de la zona con sus huéspedes y que hay inquilinos que alquilan solo en períodos vacacionales. En verano y en Semana Santa es cuando más...

—¿Sospecha de alguien a quien pudieran tener como enemigo?—interrumpe Roberto.

—No tengo ni idea. No sé mucho más—miente Gerard.

—¿Qué hay de los socorristas? ¿Pueden aportar más información?—reconduce Almanzor.

—Sinceramente, no lo creo. No tienen acceso al jacuzzi.

El inspector Almanzor tamborilea con los dedos en la mesa. Preparando la siguiente jugada, mira hacia al suelo unos instantes y sentencia:

—Está bien, gracias por su ayuda. Necesitaremos que venga en más ocasiones. Por favor, comuníquenos cuanto llegue a su conocimiento. Su colaboración es indispensable.

—De acuerdo, será un placer para mí.

—Ya puede marcharse.

Almanzor advierte que el francés respira hondo: parece que se va a ahogar. No obstante, se levanta arrastrando ruidosamente la silla y sale de la habitación casi sin mirar, dejando un simple "hasta luego" tras de sí antes de enfilar por la puerta.

José Javier echa un vistazo al semblante de su ayudante, y sin entrar a valorar lo sucedido le da instrucciones:

—Roberto, quédate aquí y acompáñale mañana a los juzgados. Irá otro agente contigo. Yo esta noche me marcho a hablar con la comisaria Camacho y con Rosa e Inés, del equipo forense.

—Oye, Jose—se sorprende llamándolo por su nombre de pila—¿tú crees que el Gerard este esconde algo?

—Me parece que no es tonto, pero no sé…no le pega lo de asesinar a una mujer.

—Tú y tus ocurrencias.

—Bueno, pues mañana por la tarde nos vemos—se despide Almanzor, dándole una palmada en el hombro.

Con la seriedad que le caracteriza, Roberto entra a llevarle la cena a Brendan. Un bocadillo de tortilla y una botella de agua mineral.

—Aquí tienes. Lamento mucho lo que le ha ocurrido a tu mujer.

—Muchas gracias. Aún no puedo creer que haya muerto. ¡Dios mío!

—Te comprendo, la mía falleció por un tumor hace un año.

—Vaya, cuánto lo siento.

De repente, se oyen gritos en árabe y golpes a los barrotes en una celda contigua. Roberto adopta su tono más autoritario para poner orden.

Al volver a su propia conciencia, Brendan presencia una caleidoscópica procesión de imágenes de su vida pasada. Su reputación como capitán del equipo de rugby no le sirve de nada con las manos cercenadas.

Aquella fiesta con sus colegas del trabajo, a la que se unieron alumnos de Administración y Gestión. Recupera el momento en que vio a Malory llegar. Debió de ser una de las chicas de Ciencias Políticas quien se la presentó, pero tiene un vago recuerdo de quién. Le viene a la mente su timidez cuando él la invitó a salir, sus largos paseos por el parque, el primer beso, el primer polvo, la casa que alquilaron en Irlanda, las risas compartidas al ayudarla a perfeccionar su español, él que tiene madre nativa, el deseo de ambos de mudarse a España.

Parece mentira que, siendo tan sociable, ella ahora no pueda responder a todos esos científicos a los que servirá de entretenimiento, como un mero recurso para engordar su ego académico. Una nube de irrealidad le atrapa; para su desgracia, no está soñando: la pesadilla toma cuerpo en su existencia.

Desvelado, repasa mentalmente las tareas pendientes. Ayer llamó a sus padres, que tras expresar sus condolencias y recabar la poca información que él podía proporcionarles, le dijeron que su hermano Trevor había salido del centro de desintoxicación. Francamente, a él le importaba un bledo. También le rogaron que volviera a su país natal. Él no pensaba hacerlo hasta que supiera qué rata miserable había hecho daño a Malory.

Le falta, pues, hablar con Eileen y con Adriana. Al acordarse de que en su teléfono tiene varias llamadas de ambas, apoya los brazos en sus rodillas encogidas; entre tanto, medita sobre la forma en que les transmitirá el suceso de su detención. En cuanto la policía le dé un toque cogerá el Nissan en dirección al tanatorio.

A las ocho, sin haber pegado ojo, recibe el café con dos magdalenas de Roberto. Recoge sus pertenencias y es transportado con las esposas puestas al furgón, bajo el escrutinio de un grupo de personas que guardan cola para renovar el carnet de identidad.

Roberto y otro policía, ya cerca de la jubilación pero muy fornido, lo conducen al juzgado de instrucción. Una vez allí, repite su declaración a una letrada con grandes gafas redondas y rostro arduo. La mujer imprime el informe. A Brendan siempre le ha parecido que este tipo de individuos tergiversan las palabras ajenas cuando escriben. Se guarda el papel doblado en el bolsillo. Antes de salir, intercambia unas palabras con el abogado de oficio, el señor Rois, a quien le asegura que no es culpable. El irlandés toma la tarjeta de visita y se marcha. El aire puro del final del verano no le produce el efecto relajante que cabría esperar en otras circunstancias.

De camino hasta su casa, realiza las llamadas pertinentes. Aunque alfabéticamente se encuentra primero con el teléfono de Adriana en el directorio, marca primero el número de Eileen. Después de tres toques llega la respuesta.

—Brendan, cariño. ¿Qué ha pasado? Te he estado llamando. ¿Ya te han dado el alta?

—¡Eileen! Perdona, no he visto el teléfono. Sí, ya salí, pero he estado en casa. Tengo un disgusto muy grande. No...no lo sé. ¡No salía del agua! Me metí en la sauna, yo...

Por un instante le alivia que Eileen no se quedara toda la noche en el hospital, pues habría descubierto su posterior llamada a practicar diligencias y su detención.

—Mi querida hermanita. Con solo treinta y cinco años—solloza Eileen.— No, tú no tienes la culpa.

—Echaron una burrada de nieve cabrónica en las bañeras de hidromasaje. Se cayó, porque tenía un golpe en la cabeza, pero la culpa es de algún hijo de puta de esa empresa. O ha sido a propósito o son unos inútiles. Van a pagar por lo que han hecho.

—Los pillarán, seguro.

Brendan hace una breve pausa.

—¿Estáis en casa? ¿Sabéis cuándo la llevarán al tanatorio?

—No nos han avisado aún.

—A mí quedaron en llamarme por la mañana también. ¿Cómo está Sinead?

—Pues aquí, sentada en el sofá, destrozada, llorando... ¿Sinead, quieres hablar con el tío? No es capaz de ponerse ahora. Mejor nos vemos en el tanatorio. Nos llamamos. Te quiero, Brendan.

—Y yo a vosotras, un beso.

Cuelga e intenta contactar con Adriana. Aunque da señal, no lo coge. Debe de andar ocupada. No conserva el número del marido ni el de su casa, así que tan pronto como llega al apartamento se queda postrado en la cama, la cabeza sobre las rodillas, a la espera de que le den la señal para asistir al velatorio.

VI

A TRAVÉS DE la ventana de la terraza, Izan, el hijo de Almanzor, se distrae viendo pasar los coches en ambas direcciones. Su padre pega un sorbo al café y mira a Sonia, que le muestra un periódico con cara de satisfacción.

—¿Has visto esto? Está mal redactado. Dice "la mujer irlandesa fallecida en Oropesa habría sido envenenada".

-—¿Qué le pasa, profe?—se encoge de hombros.

—¿No lo sabes? Es un condicional de rumor que repite muchas veces en el artículo y, por lo tanto, no es aconsejable, aunque no sea incorrecto. Lo suyo sería "quizá murió envenenada".

Izan vuelve la cabeza de repente.

—¿Qué significa "envenenada"? ¿Le han echado veneno en el café?

El inspector mira a su esposa, con cara de "te podrías haber callado". Considera en cuántas discusiones con colegas se enfrascará si defiende esa hipótesis.

—Bueno, no es eso. Se bañó en una piscina llena de hielo tóxico.

—¿Y por qué?

—No sabemos quién se lo echó ni si se dio cuenta, hijo. La gente a veces hace cosas muy tontas.

El reloj que lleva en la muñeca, un artilugio atípico en estos tiempos, le señala la hora de partir. Ya en el coche, saluda con la mano a Sonia e Izan, que lo despiden chillando alegremente desde la terraza.

Por la carretera, Almanzor cavila sobre el carácter inusual del caso. ¿Llevará razón Izan y le habrán puesto algún fármaco en la bebida? ¿Padecerá patologías previas? También se pregunta: "¿Al final era esto lo que yo quería?". Reflexiona sobre su hipotética capacidad para adaptarse a la Europol, donde su prestigio aumentaría al integrarse en grupos internacionales. Podría, asimismo, formar parte de los GEOs, lo que le permitiría participar en operaciones de alto riesgo. Infiere que hay un motivo que se le escapa para seguir investigando homicidios y desapariciones. Si no hubieran descuartizado a aquel primo lejano de su madre cuando él era pequeño, no habría desarrollado ese interés por la criminología. Lejos de obedecer a un trauma como el que sufren los detectives de las películas, su profesión es más bien un destino.

La fachada del Instituto Anatómico de Medicina Legal y Forense de Castellón, sito en la calle Argentina, siempre se le asemeja a los juzgados de Madrid. Pasa junto a dos bicicletas aparcadas y se dirige a la puerta principal, donde encuentra a dos hombres con gafas de sol fumando. Almanzor se felicita a sí mismo por haber dejado el hábito.

Sube las escaleras con paso acelerado y enfila hacia la sala de autopsias. La comisaria Isabel Camacho está con Rosa, también de la Policía Nacional, especialista en restos y en delitos telemáticos; lo saludan a cinco metros del cadáver.

En un segundo plano, el cuerpo de Malory es medido y pesado, transportado, toscamente a juicio de

Almanzor, y finalmente apoyado por los patólogos en la camilla. Se le extraen muestras de sudor y se lavan todos los órganos. La esclerótica de sus ojos se halla rodeada por un reborde rojo, fruto del cloro. Además del moratón en el pómulo, presenta dos quemaduras en el vientre y una ampolla en el brazo izquierdo por efecto del congelamiento.

Inés Muñoz, la patóloga forense, realiza un corte en el pecho en forma de Y. El inspector Almanzor, dado el silencio de sus compañeros, se concentra en la escena y reflexiona sobre ella.

Cuando parece que los muertos hablan, es la realidad la que nos fulmina con su silencio, con sus interrogantes sin respuesta. La etiqueta pegada al pie no va a devolver a la chica, o la mujer, su humanidad, la frescura de una vida que ha perdido con tan solo treinta y cinco años. Después de todo, ¿a dónde va la dignidad cuando se deja atrás este mundo de dementes?

Moderando el tono de voz, Rosa se decide por fin a hablar.

—En el *jacuzzi* hay un cartel que indica su cierre hasta nuevo aviso. Se han analizado las máquinas, incluyendo la responsable de la fatalidad. No se ha producido ningún fallo mecánico. Hielo seco, elocuente metáfora para hablar de la conciencia criminal.

—Su estado natural es gaseoso—responde José Javier.

Isabel no lo tiene tan claro.

—Lo que tenemos que ver si estamos ante un

asesino o es solo una negligencia atribuible a una empresa.

—Roberto nos dará alguna pista—declara, ecléctico, Almanzor, que sigue pensando que se trata de un homicidio.

—Quiero que veas lo que nos ha enviado Brendan por email—cambia de tema Isabel.

Los tres visitantes se concentran alrededor de la mesa donde puede observarse una pila de fotos de Malory. En una de ellas aparece mucho más joven, llevando la orla y el birrete en la ceremonia de graduación de Educación Infantil en Trinity College. Almanzor la desliza entre sus dedos con impaciencia, para toparse con otra imagen donde la chica posa en la playa junto a su hermana Eileen y su exmarido argentino, fallecido en un accidente de barco, según le ha dicho Brendan a Rosa por correo electrónico.

Tras pasar dos fotos de Malory besándose con Brendan en el centro de Dublín y una en la que ella sonríe a la cámara desde la fila de atrás de lo que parece ser un grupo de estudiantes de Erasmus, por fin lo ve. La chica, sin percatarse de la instantánea, baila en una discoteca. Sus dos amigas acaparan la atención del fotógrafo. El inspector identifica a la tal Adriana, a quien mandó a su casa el día del crimen, junto a una colombiana.

—Ese local está en Oropesa—indica, buscando confirmación.

—Es la discoteca Palm Trees. Dice que hace más o menos tres años—replica Rosa.

—¿En qué nos puede ayudar eso?

—Ni idea, pero tenéis que interrogar a estas dos. Brendan te ha dicho que Adriana venía regularmente a visitar a la pareja, ¿verdad, Rosa? La otra se llama Daniela y vive en la urbanización—responde Isabel.

Rosa se queda callada. Se muere de rabia porque, una vez más, la comisaria la ha ninguneado respondiendo por ella.

—¿En qué calle?—indaga Almanzor.

Isabel adopta un tono irónico.

—Llamas a Gerard, si ves que te sobra tiempo, y se lo preguntas.

En ese momento, Inés se acerca y saluda a José Javier, quien le pregunta por sus hallazgos. Con un tono condescendiente, debido a que se sabe la más capacitada desde el punto de vista científico, la forense puntualiza:

—El análisis de la temperatura de los órganos nos señala que Malory murió en pocos minutos. Parece evidente que el material tuvo que ser introducido el día anterior. No hay ninguna otra sustancia tóxica.

—Huele a chamusquina, ¿verdad?—interviene Rosa.

—El tono de la piel confirma la asfixia—anuncia Inés—. Era muy blanca y ahora está enrojecida, pero no hay signos de violencia. No podemos decir mucho más. Estas evidencias permitirían descartar cualquier forcejeo con su marido, de no ser por el golpe que tiene en la cabeza. Puede que se mareara y cayera de espaldas cuando quiso volver a zambullirse en el agua.

—¿Qué golpe?

Inés le muestra la instantánea que acaban de tomar.

—Eso a lo mejor se lo hizo él, o alguien que entró sin ser visto y la tiró contra el suelo–especula Rosa.

—Pero piensa que, como dice Inés, quizá entrara en dos *jacuzzis*—propone Isabel, que nunca afirma categóricamente la veracidad de ninguna teoría, al menos delante de sus subordinados—. Uno de ellos contiene también un exceso de hielo seco. El tercero, nada. Al respirar toda esa niebla invisible y perder la conciencia, tal vez se estampó de cabeza contra el borde del central.

Almanzor, que no quiere quitarse protagonismo, aunque sea para transmitir la incertidumbre que le invade, le da categóricamente la razón.

—Los peritos judiciales están analizando muestras de aire, además de revisar todas las instalaciones. Han limpiado la sala porque había un exceso de concentración de CO2 y de humo. El *jacuzzi* ha sido cerrado hasta nuevo aviso.

La comisaria, estupefacta, lo escucha gastar saliva recitando obviedades delante de la forense.

—Bien, pues esto es todo. Almanzor, habla con Roberto, me contáis lo que ha declarado en Gris y os vais al velatorio. Nos vemos en el entierro—concluye, señalando la puerta con el dedo índice.

Las vísceras y el cerebro son retirados, examinados y reposicionados por los expertos. Se cierran las heridas, pero la debacle se cierne sobre un amplio territorio.

VII

EN EL PASEO marítimo donde Almanzor ha quedado en recoger a Roberto nada más cambiar el coche de policía por su Opel, las luces de las terrazas atraen a los primeros clientes de la noche. "Quién pudiera darse un chapuzón", piensa, embutido en la americana y los pantalones negros, fijándose en el mar desierto acariciado por las dunas.

—Perdona por el retraso—se disculpa Roberto según abre la puerta del copiloto.

—¿Qué tal ha ido? Ahora me cuentas. Vamos al tanatorio, con un rato valdrá.

—Pues a ver, primero hablé con Lidia en la recepción y después fui a Gris. Los protocolos parecen bastante limpios. La empresa ha trabajado junto con Promociones Helio para obtener una certificación ISO 9001 para actividades y servicios deportivos y de ocio. Tanto el jacuzzi como la piscina fueron auditados a principios de año. Los trabajadores no parecen sospechosos. Gestionan también todo tipo espectáculos, sonido e imagen, además del *megatron* de una discoteca de Benicàssim, donde trabaja también el hermano de Gerard.

—¿Con quién hablaste en Gris?—insiste Roberto.

Almanzor detiene el automóvil en seco en un semáforo junto a la salida del centro del pueblo.

—El jefe, Ariel. Me resultó bastante cercano. Me llevó a un despacho con un tal Fran, que según ha confirmado Lidia, la recepcionista, es amigo suyo y fue uno de los dos que llevaron la caja al hotel.

—Joder, ¿y eso no te parece sospechoso? Además, no es un hotel, Roberto, es un bloque de apartamentos —puntualiza Almanzor.

—Bueno, lo que sea. Al fin y al cabo mezclan turistas con residentes. El caso es que Lidia tomó el registro en torno a las diez y cuarto. Dice que fueron dos, vestidos de uniforme. Ella metió el hielo seco en el *jacuzzi* el mismo día del accidente.

—¿Tú también lo llamas así? A ver qué dice Rosa, pero había más del doble de lo normal.

Roberto frunce el ceño, molesto.

—El hielo seco no es indispensable, es casi decorativo. Cualquiera que trabaje allí sabe echar cloro y cambiar el agua. Tengo la grabación y se aprecia cómo Lidia carga con una caja de 25kg, ni más ni menos. Que, por cierto, no veas cómo está la amiga. Del día anterior hay otro video, pero lo he pasado rápido y no se ve a nadie.

—Eres un guarro, macho —dice Almanzor sonriendo—. Cuentan con circuito de televisión cerrado, ¿verdad?

—Sí, pero no llega hasta el jacuzzi, porque es un área privada. Lo instalaron solo en la entrada, por si alguien entra a robar.

Almanzor lo observa, escéptico, mientras se aproxima al aparcamiento del edificio mortuorio, donde evalúa la posibilidad de encontrar un hueco. Recuerda en voz alta que la única vez que ha visto ese tanatorio fue en televisión, cuando cubrieron aquel caso de una mujer sudamericana violada y asesinada unos años atrás.

—No se me olvida—afirma Roberto—. El culpable cumple condena aquí en la capital. Un perturbado de Castellón.

 Al ver que un Skoda que acaba de quitarle el sitio, el inspector toca repetidamente el claxon. En el interior visualiza a un hombre haciendo aspavientos.

—Pero, ¿qué haces, idiota?—vocifera Almanzor con el cristal cerrado, realizando una parada detrás.

Estaciona en otra fila y busca al señor, pero ya se ha marchado. La sala en la que se desarrolla el velatorio está en la primera planta. Tras el cristal que la preside, frente a dos sofás de cuero vacíos, Roberto contempla a Malory, rígida en posición decúbito supino. Aprecia la lividez en su nuca. —¿No se habrá suicidado?—le susurra a su camarada al oído.

—Vamos, no te pares aquí—dice Almanzor, advirtiendo al hombre que los observa desde el sofá del fondo. Para su sorpresa, el mismo al que ha regañado en el aparcamiento. Se muere de vergüenza al constatar que la rubia de al lado, manos sobre los muslos y tragedia tatuada en el rostro, es Adriana.

Sin poder ni abrir la boca, se cruza con Eileen y su hija, tal y como las describió Brendan, ambas llorando abrazadas.

—Disculpen, soy el inspector Almanzor, las acompaño en el sentimiento.

Admite para sí que es un momento sensible, pero sabe que si modera su verborrea podrá citar a la madre a declarar. Si le asegura que va a dejarse la piel en averiguar qué le ha pasado a Malory, obtendrá fácilmente su colaboración pasados unos días. Cuando amplía su campo visual, el acompañante de Adriana ya se ha marchado. Almanzor se aproxima a ella con paso suave y le habla, susurrando.

—Buenas noches, Adriana. Lo siento muchísimo.

—Muchas gracias.

— ¿Dónde ha ido el hombre que estaba con usted?

—¿Juan, mi marido?

—Sí, perdone, pero me puse nervioso, toqué el claxon y …

—No se preocupe, es muy cabezota. Ha ido un momento a buscar los aseos. Esto es muy grande, ¿sabe?

Roberto carraspea para llamar la atención del inspector, le hace una señal con la cabeza y se acerca a saludar al resto de las personas. Almanzor se gira, asiente con la cabeza y permanece esperando en el mismo sitio. Ve llegar a Juan con las manos en los bolsillos; se apresura a hablar con él.

Buenas noches. Sé que me he impacientado en…

De repente, a Juan le cambia el rostro; al policía le parece más comprensivo que al principio.

—Nada, deben de andar muy estresados.

Almanzor se despide y se une a su subordinado para expresar sus condolencias a quienes resultan ser los padres de Malory, que permanecen postrados en otro de los sofás. Supone que habrán venido de Irlanda en un vuelo de última hora. Completan la escena dos colombianos, Daniela y Anthony, acompañados por su hija Edith, que tras presentarse se limita a escuchar la conversación. Almanzor reconoce a la madre, una de las que posaba en la foto de la discoteca, con algunos kilos más y el pelo más corto. El marido, que rondará los cuarenta, es alto y esbelto, con el pelo engominado y una cadena de oro en el cuello.

Al poco alguien señala que han dado las once y los policías bajan en el ascensor junto con Anthony, Daniela y Edith. Se quedan solo los familiares de Malory, Juan y Adriana. Esta parece tratar de contener el enfado de Juan cuando ella manifiesta que quiere velar a su amiga toda la noche.

Los agentes no pueden creer lo que tienen delante. "Cuidado", reza el grafiti en el lateral del Opel. Bajo el limpiaparabrisas han apuntado un número de móvil. En cuanto se da cuenta de que le han pinchado las ruedas, el cabreo de Almanzor se confunde con su temor.

—Vaya, ¿¡a qué están jugando!?—protesta Roberto, que advierte que la hora de llegar a casa se va a retrasar, lo que le fastidia a pesar de no tener que rendir cuentas a nadie.

—Puedes irte, Roberto. Me quedo yo a llamar a la grúa—propone Almanzor, que si bien ya se imagina cierto gesto contrariado de Sonia, que le esperará despierta, siempre busca dar ejemplo.

—Si quiere puedo llevarle yo, agente—se ofrece Anthony.

—Gracias, haré compañía al inspector —manifiesta Roberto decidido.

—¿Pueden darnos sus teléfonos? Cuando pasen

estos días nos gustaría que vinieran a comisaría y así nos contaran todo lo que sepan de su amiga. Cuanto más sepamos, antes pillaremos al causante —dice Almanzor.

La familia avanza por las distintas filas hacia su coche. El inspector llama varias veces al número del papel, pero este no da señal. Controlando su ansiedad, telefonea a Isabel para informarla de los hechos.

—Vale, comprobaremos a quién corresponde. Quiero que estéis muy pendientes en el funeral, ¿de acuerdo?—ordena la comisaria, sin alterarse demasiado.

Al día siguiente, tras la petición de perdón y el Rito de la Luz, el sacerdote comienza su oración:

—Te rogamos, Señor, por Malory Byrne O'Neill, que nos fue tan cercana y querida, y por eso nos hemos reunido junto a ella. Concédele esa vida feliz y dichosa que tanto deseó; y a nosotros concédenos fuerza para seguir unidos entre nosotros y junto a Ti, para así cumplir con nuestros sencillos deberes de cada día, como persona y como cristianos. Te lo pedimos por Jesucristo Nuestro Señor.

Las caras son prácticamente las mismas, a excepción de Gerard y de tres amigos de Sinead, que deben de haber acudido por mero compromiso. La parroquia, ubicada en el centro del pueblo, no es mucho más amplia de lo esperable, aunque sin duda constituye el lugar adecuado para honrar a una feligresa como Malory, fiel asistente a misa sin excepción.

Por su cercanía a ella, el orador añade al sermón, como suele recomendarse, una referencia a algunas de las cualidades de la persona fallecida. En este caso, de forma bastante acertada, subraya su dedicación a los demás y su naturaleza bondadosa, además del brillo de su mirada.

Almanzor y Roberto caminan por delante del resto, de vuelta al coche, en cuanto concluye el sepelio. Comienza a llover fuertemente. El inspector, móvil en mano, comprueba que tiene varias llamadas perdidas de Rosa, las cuales no ha podido atender antes al haberlo desactivado.

—Buenos días, José Javier.

Le extraña que le llame por su nombre, más por la falta de costumbre que porque le moleste que una forense experta en delitos tecnológicos se dirija a él ocasionalmente de esa manera.

—¿Qué tenemos?

—El teléfono ha sido dado de baja. Hemos obtenido permiso judicial para rastrearlo. Pertenece a Alex, el socorrista.

—¿Has conseguido localizar al chico?

—Sí, parecía tranquilo. Dice que él no ha hecho esas pintadas, que ni idea de quién ha podido incriminarle, pero que hay unos chavales que llevan un tiempo queriendo pegarle. Ya he hablado con la comisaría de Benicàssim, que es donde se ha mudado. Esta tarde podéis interrogarle.

Almanzor toma nota del documento de identidad y el nuevo teléfono del muchacho. Observa el limpiaparabrisas moverse frenéticamente antes de emprender la marcha por la carretera mojada. Finalmente, le pide a Roberto que se encargue de citar a Adriana, que vive en El Grao, una localidad cercana. Ya se encargará él de interrogar a Alex. Después guarda silencio durante casi todo el viaje.

En su larga carrera criminalística, habiendo trabajado en varias patrullas y colaborado en casos de lo más sórdido, no se ha encontrado con uno tan inquietante ni complejo, una muerte dulce y sin apenas huellas, el crimen más desconcertante, por aparentemente inofensivo, con el que un inspector puede toparse. Tanto su labor como la de la científica constarán de muchas capas, y a ellas se superpondrán los esfuerzos de los jueces, abogados y periodistas, estos tan dados al sensacionalismo. "La opinión pública se encargará del resto", piensa; solo es cuestión de tiempo que el pueblo se quede vacío, pues ya figura en la lista negra de muchos turistas, lo cual se nota en los pocos visitantes que acuden en comparación con la cifra de años anteriores.

VIII

ADRIANA SE SIENTE como si observara sus propios pensamientos. Las risas y llantos de los niños se difuminan. Comienza a andar sin propósito aparente.

No identifica las aulas, donde se oyen canciones, ni el despacho cerrado de la directora o la recepción vacía. A su espalda resuenan golpes repetidos en la puerta. Sin saber por qué, echa a correr cuando nota que llueve en la calle. Se le hace tarde y tiene que realizar una gestión importante, así que cruza un semáforo a toda prisa, saltando entre los charcos, el jersey rojo empapado. Se monta en el primer autobús que pasa, donde permanece de pie en medio de la multitud, como un fantasma.

Quiere llamar a ese socio, pero se percata de que el teléfono no está en su bolsillo, así que aguarda hasta la última parada. En el monitor dice "Oropesa". Los otros pasajeros se apean y el conductor se acerca a ella extrañado.

— ¿Se encuentra bien?

—Sí, sí.

Por inercia baja las escaleras y camina entre bloques de pisos. En el circo anuncian un espectáculo cómico. Callejea de forma serpenteante, pasando por delante de una agencia inmobiliaria llamada Promociones Helio y por tres portales detrás de los que ve a personas bañándose en las piscinas, lo que la pone ligeramente nerviosa.

Aterriza en un bar en el que se encuentran solo cuatro ancianos jugando al tute y tomando chocolate caliente.

El camarero, un chico joven, moreno, con el nombre "Derek" en la identificación de la solapa, hombros anchos, pelo engominado y rostro cuadrado se acerca a ella.

—¿Qué desea tomar?

Adriana tarda en contestar.

—Póngame un té verde, por favor.

—¿Algo para comer, señora?

Piensa en su propia edad, que erróneamente cifra en cuarenta años.

—No, solo el té. Disculpe, ¿sabe si ha venido Emilio por aquí?

—¿Qué Emilio?

Se queda un momento callada. Cuando el camarero le hace la misma pregunta que el conductor, "¿se encuentra bien?", siente un escalofrío en el pecho, las pantorrillas y la parte posterior de la cabeza. Ruborizada, no le queda otra opción que reconocer la realidad: su conciencia está alterada, no pinta nada en ese lugar, el tal Emilio no existe y ella no posee un negocio propio ni se gana la vida como comercial, sino como educadora infantil.

—Por favor, ayúdeme. Tengo que avisar, es urgente.

—¿Cómo?

Uno de los señores deja la partida de cartas, tira su mano sobre la mesa, gira la cabeza hacia ella y se sorprende al ver sus labios y brazos temblorosos.

—¿Qué la pasa? Si quiere llamo a la policía o al

hospital.

Desde la puerta, Adriana divisa un coche con dos agentes.

—¿Quiénes son ustedes?—balbucea, aún sin comprender la situación.

Tras un tira y afloja la ayudan a recordar su nombre, dónde vive, la ubicación del centro de trabajo. De inmediato agarra el móvil y llama a la guardería. La directora está furiosa. —¿Sabes que has dejado a los niños solos? ¿Tienes idea de qué cojones significa eso?— vocifera—. Uno de los oficiales se pone al teléfono y consigue explicarle lo que ha ocurrido. Una vez que la mujer se calma y le concede el día, los policías la llevan a El Grao y la ponen en contacto con una psiquiatra.

—Lo que has sufrido es un episodio de fuga disociativa. Consiste en una alteración de la conciencia y una pérdida del sentido de la identidad, Es posible, después de una situación traumática, emprender un viaje sin sentido, físico y emocional, como si uno saliera de su propia personalidad.

Finalmente, es la doctora quien contacta con la jefa de Adriana, cuyo número ha guardado esta. Afortunadamente, accede a traerle el móvil. Al enterarse, Juan se alarma, pero Adriana le dice que ya ha pasado. El hombre le promete que la recogerá cuando él salga del trabajo, por si se vuelve a perder. El último paso es telefonear a la comisaría, pues Roberto la espera.

El interrogatorio se produce, pero es bastante suave dadas las circunstancias. Cuando Adriana recupera su orientación declara que no sabe nada, que se encontraba en la piscina, que tiene pesadillas y revive constantemente el episodio del *jacuzzi* como si estuviera ocurriendo en ese mismo momento. Según le ha explicado la psiquiatra, tendrá que aprender a controlarlo.

—¿Le suena esta foto? Es del día del crimen.

Se trata del Seat León de Juan aparcado junto al bloque de apartamentos. Adriana se extraña, aunque enseguida le cuadra. Se queda unos segundos planeando si le pedirá explicaciones o no, aturdida como se encuentra, hasta que finalmente determina:

—Él no salió de mi barrio, ya sabe que hay media hora hasta Oropesa. Quizá condujo hasta allí a escondidas para vigilarme. Es muy celoso. Es improbable que haya tenido que ver—observa la otra imagen que Roberto le muestra, aquella en la que posa, más joven, con las amigas en la discoteca—. Y eso que no creo que se enterara del beso que me dio Malory.

—¿Cómo?

—Malory se sentía atraída por mí. Sé que es absurdo, pero ahora soy yo quien se siente culpable. Le dije que no quería herir sus sentimientos, pero que yo no tenía otra intención que seguir siendo su amiga. Le prometí que siempre podría contar conmigo. Por favor, no diga nada de esto.

—Pero Malory era una mujer casada.

—Así es, pero ella me confesó lo que sentía. En realidad, se obsesionó conmigo como yo lo estoy haciendo con ella ahora.

—¿Cree usted que Brendan pudo matarla por ello?

—Él la quería con locura. Nunca lo supo y, aunque lo hubiera sabido, sinceramente, lo dudo mucho. Era muy jugador, tenía un problema, pero en ningún momento observé una conducta violenta en él.

—¿Y no piensa que quizá quisiera quedarse con algún seguro de vida? Los ludópatas hacen lo que sea por conseguir dinero—razona improvisadamente Roberto.

Se toca el bigote. De repente una idea absurda cruza por su cabeza: Juan es agente de seguros. ¿Mera coincidencia? No cree que sea el momento para averiguarlo.

—Me parece que eso, en su caso, no tiene sentido—sentencia Adriana.

El oficial mueve la cabeza y la observa en silencio, sin terminar de creeérselo.

—Muy bien, muy amable, ha sido de gran ayuda.

En la comisaría de Oropesa, el inspector Almanzor trata de obtener información sobre Alex. El chaval andará cerca de los veinte años, pero con camisa y vaqueros aparenta algo más. Lo ve tirarse de la camiseta hacia abajo y luego entrelazar las manos.

—Siéntate, por favor. Necesito que me expliques qué hacía tu teléfono en nuestro vehículo policial junto con una pintada. Soy todo oídos.

—Inspector, le juro que yo no he sido. No tengo ni idea.

—¿Por qué, entonces, has cambiado de teléfono?

El interrogado no duda.

—Me querían pegar el primo y los amigos de Sinead,

que es la sobrina de Malory.

—¿Por qué? Entonces, ¿conocías a la víctima?

—Sí, porque estuve saliendo con Sinead. Ni Malory ni Eileen aceptaban nuestra relación. Los amigos de la chica también se pusieron en contra de mí. ¡Yo no les hice nada!—gimotea Alex.

—Si no es indiscreción, ¿qué ocurrió entre vosotros?

El chaval agacha la cabeza y muestra un semblante triste.

—A Eileen nunca le caí bien porque tengo un hijo de tres años. Lo dejo en la guardería, donde trabajaba Malory. Ella, Eileen, era quien le metía todas esas ideas raras en la cabeza. Los amigos de Sinead le seguían el rollo. Yo soy muy responsable y trabajador. Ahora que acaba la temporada y ya he cumplido mi servicio como socorrista, me voy a pirar a Valencia, cerca de donde mis padres, a cuidar de Iván y a buscarme la vida.

—¿Dirías que Eileen o Sinead tenían alguna rencilla con Malory? Me refiero a una razón suficiente para envenenarla.

—La verdad, no me di cuenta. Lo único es que discutieron por la herencia de un familiar. Un tío, yo qué sé, yo no llevaba más que un par de meses con Sinead, o sea que no puedo decírselo a ciencia cierta.

—¿Dónde está la madre del niño?—pregunta, con tono empático, Almanzor.

—No me quedó otra que cortar con ella. Se drogaba, no quería trabajar. Los servicios sociales me dieron la custodia.

El inspector se rasca la sien.

—¿Sabes quién pudo matar a la víctima?

Como era de esperar, la interrogada contesta negativamente. A petición de Almanzor, repasa la información disponible. Le resulta sincero y con actitud colaboradora en su declaración.

—¿Tienes el teléfono de esos chicos?

—No, de ninguno. Yo solo tengo el de Sinead...Si casi no tengo colegas aquí....aparte de ella y del camarero de un bar del pueblo que se llama Derek. Solo he venido a trabajar en verano.... Ahora, con este escándalo que se ha montado, no sé si abrirán la piscina el año que viene.

—Vale, pero necesito una cosa más. Quiero que colabores y me comuniques cualquier cosa que sepas, por pequeña que sea, ¿entendido? Aunque te marches del pueblo.

Alex se levanta y, con aire formal, estrecha con fuerza la agrietada mano de Almanzor.

—Cuente con ello, inspector.

IX

La lluvia ha dado una tregua. Ahora solo está chispeando y la piscina comunitaria lleva toda la mañana vacía. Puede que los dueños aprovechen algún día más, aunque el *spa* y el *jacuzzi* privado sigan acordonados.

De camino al bar para ver a su amigo Derek, piensa en Sinead. Le embelesan sus rizos y sus pecas. Sus ojos hundidos, que invitan a una pausa, como si el universo se detuviera en ellos. La delicadeza de su piel que, hace ya una eternidad, tuvo el privilegio de recorrer. "Quizá solo haya sido un rollo de verano", se dice a sí mismo. "No lo sé, pero yo también tengo derecho a rehacer mi vida". Mira a los lados, alerta, como intentando protegerse.

Nada más entrar en el local, llama a Derek con el dedo. Se saludan chocando los puños.

—¿Dónde te vas a poner hoy, tío?

—Aquí mismo—Alex señala a una mesa cercana a la pared.

—Muy bien, toma el menú. De primero tienes ensaladilla y croquetas; de segundo, huevos rotos y merluza.

El chico se sienta y estudia las palabras sin procesar lo que significan.

—¿Qué? ¿Has decidido ya? Estás empanado...—le despierta Derek.

—Oye, ¿tú sabes quiénes son los amigos de Sinead?

—¿Todavía sigues pensando en la piba esa?

—Me querían curtir.

—Me suenan, pero yo no los conozco, ni a ella

tampoco . Estuve saliendo con una amiga suya, Marta, pero se dejaron de ir juntas. De todas formas, no te preocupes, a ti no voy a dejar que te hagan nada.

—¡Ah! ¿Marta, la hermana de Yaiza, la que iba a mi clase en Bachiller en Valencia?

—Sí, antes vivían allí, se han mudado varias veces.

—Vale, macho. Bueno, pues ensaladilla y huevos rotos.

—¿De beber?

—Fanta Naranja.

—Ah, bien. Por cierto, ¿hasta cuándo te quedas?

—Mañana a las nueve de la mañana pillo el tren a Valencia

Derek vuelve la barra para tomar nota de los pedidos y servir cervezas. En cuanto puede se escapa a llevar la bandeja.

—¿Cuánto me dijiste que llevabas aquí?—dice Alex mirándole las manos, aún no muy castigadas.

—Tres años. Ya sabes que con lo de mi madre necesito pasta como sea, y aquí tengo el contrato indefinido.

—¿Qué tal va?

Justo en ese momento, otro de los camareros le pasa el segundo, gritando: "Huevos rotos por aquí". Derek lo coloca en la mesa y sigue:

—Después de la quimioterapia se ha quedado con dolores y algunas úlceras, pero es lo típico. Ya ha sufrido varios tumores. La tuvimos que llevar a Houston hace un par de años, y hace poco se le repitió, pero esta vez la han tratado en España y ha sido más sencillo.

—¿Sabes algo de tu viejo?—pregunta Alex, temiendo

parecer entrometido.

—De vez en cuando nos llamamos. Ya te dije que él viaja por otras ciudades por el tema del circo. Aquí solo viene en verano o en temporada alta, o sea que igual no lo veo hasta Semana Santa. Montó una carpa en Oropesa porque es amigo del tío de la urbanización.

—¿De qué se conocían?

—Estudiaron juntos en la universidad.

—Oye, ¿tú sabes si donde estoy yo la peña se queda mucho tiempo de socorrista?

—Bueno, normalmente repiten. Hay algunos como Ferrán, el que curra contigo, que llevan toda la vida, pero los chavales van cambiando. Yo era amigo de uno, pero le echaron.

—¿Por qué?

—No sé, tuvo alguna historia rara con Gerard o con sus empleados.

Un camarero alto clava la vista en los dos muchachos, chascando los dedos con impaciencia.

—Tengo que doblar el lomo—se despide Derek—, que disfrutes del viaje. Para cualquier cosa me das un toque.

Alex apura los últimos trozos de comida con el tenedor en la mano izquierda. Con la derecha repasa las antiguas fotos de Sinead en el móvil.

X

BRENDAN SE REÚNE con Gerard en la oficina. Si bien la actividad de la empresa Helio continúa en los apartamentos de Oropesa, sector 1, estos son ahora mucho menos frecuentados por los turistas, debido al escándalo mediático producido por la muerte de Malory.

Pese a la posibilidad de hablar en la oficina sin muchas interferencias, Gerard decide dejar a Dimas y Marisa, los administrativos, tramitando las reclamaciones habituales de congeladores que no enfrían y televisores antiguos que cesan de funcionar, así como acogiendo a los que van a hospedarse unos días en el complejo turístico.

Gerard cierra la puerta blanca del despacho para poder discutir más tranquilamente con Brendan la gestión de su piso. El cliente toma una silla y se sienta enfrente del promotor.

—Cuéntame, entonces, ¿qué idea tienes?

—Quiero venderlo y con el dinero que obtenga valoraré un alquiler en otra zona.

—De acuerdo, ¿has pensado en alguna en concreto? Disponemos de pisos a unos diez kilómetros de Oropesa, en Benicàssim.

Brendan no puede deshacerse del miedo a abandonar el hogar. Las visitas de la científica y de los diferentes expertos lo han convertido en una especie de laboratorio, del que parecen haber sido extirpados sus recuerdos y la calma que un día reinó.

El tiempo parece tan condensado que la negociación se le hace eterna, dispuesto como está a elegir cualquier nueva solución habitacional.

—Entonces, ¿te quedas con este ático compartido? Vas a ver qué acogedor. Tienes mucha privacidad, porque es una zona poco transitada, pero rodeada de muchos comercios—asegura Gerard con tono jovial.

Casi en el centro de su campo visual, Brendan escucha chirriar la puerta de un pequeño armario en cuyo interior ve manojos de llaves colgando de la pared.

—Gerard, contéstame a una pregunta.

El otro se queda pasmado porque Brendan lo radiografía con la mirada.

—¿Quién te quitó las llaves?—dice finalmente.

—Oye, Brendan. Yo no tengo ni idea. Ya se lo he dicho a la policía. Igual saltaron la valla de la piscina de noche—se rasca la coronilla, ya algo escasa de pelo —. Esta llave no la he tocado desde que le hice una copia a Lidia, la recepcionista. Los de la científica siguen analizando la escena del crimen. Parece que no han dejado huellas.

—Pero no puede ser…Vale, Gerard, mañana vengo a recoger el contrato y las llaves, ¿no?—se resigna, pensando en que, si la agencia ha tenido algo que ver, tarde o temprano alguien lo descubrirá.

El momento de hacer la maleta, normalmente muy placentero para los turistas con los que ha convivido en la urbanización, le produce un inmenso dolor. Recoge los jerséis, pantalones y faldas. "¿Qué hago con ellos?". Ha oído decir a los expertos en duelo que a veces hay que desprenderse de ciertos objetos que puedan provocar una obsesión con la persona fallecida y que hay que quedarse solo con el valor de los recuerdos. No sabe si darle esas prendas a Adriana podría resultar macabro. Al final, decide cargar con todo. En la habitación, escondido entre una montaña de papeles y pastillas para la disfunción eréctil, aparece un retrato de Adriana en blanco y negro pintado por Malory, con tal realismo que podría haberlo vendido por una fortuna.

Repasa la carpeta de fotos en el ordenador del salón. Se ve a sí mismo agarrando a Malory por la cintura junto al puente de Samuel Beckett. "Por qué, mi amor". Los dos felices en fiestas de cumpleaños con los padres de ella. Posando en la colina de Tara, ese mítico lugar de culto y origen de leyendas. Por último, se encuentra con las fotos de la discoteca que ha enviado a la policía. No puede contener las lágrimas.

Cuando cree que ya no queda nada importante, excepto el teléfono móvil que los investigadores han prometido devolverle pronto, se topa con una agenda donde dejó anotada una clave. Instintivamente, introduce la contraseña del correo electrónico que ella no se molestó en borrar de la lista de cuentas utilizadas recientemente.

Lo primero que encuentra son videos de ella tocando la guitarra, instrumento que aún tiene en la habitación. Después, entre tanta basura irrelevante, lee una conversación con Adriana, de hace aproximadamente seis meses, en el buzón de mensajes. Para su sorpresa, descubre que planeaban un viaje a otra provincia para iniciar un proyecto educativo juntas. Malory le sugirió pedir un crédito y poner dinero para montar la empresa, a lo que su amiga respondió afirmativamente, aunque sin precisar cuánto tendrían que esperar.

En ningún momento los mencionan a ellos, los maridos, ni los múltiples cambios vitales que su plan conllevaría. Brendan ya no podrá verificar la firmeza de la decisión de Malory, ni cómo pensaba actuar ahora que iban a tener un hijo, salvo que se lo pregunte a Adriana sin que Juan se entere. "Puedo pararme en su pueblo a saludarlos mañana", considera.

Se le ocurre en ese momento llamar a Anthony y Daniela para despedirse de ellos, aunque ya han hablado en el tanatorio y en el entierro. Después se acercará a ver a Eileen y a Sinead. Anthony es conductor de Uber, por lo que desconoce la hora a la que le vendrá mejor quedar.

—Hola, Brendan. ¿Cómo te encuentras?

—Bueno, Anthony, aún muy angustiado. Mañana me marcho. ¿Me da tiempo a veros un rato?

—Hoy Daniela tiene turno de noche en la residencia. Edith anda por ahí con los amigos. Yo creo que acabaré sobre las ocho porque llevo todo el día con clientes. Por mí puedes venir a partir de esa hora.

—Vale, luego te doy un toque entonces. Hasta luego.

—Venga, cuídate.

Sin saber muy bien qué hacer, decide caminar hasta la zona de los chiringuitos para tomarse una copa e intentar olvidarse de todo. Pide un Passport con naranja y se acoda al fondo de la barra, observando a los pocos clientes que se reúnen en el local: un cincuentón con una boina que quiere pasar por intelectual, una pareja de marroquís y un calvo muy delgado y estirado que discute acaloradamente sobre fútbol con uno de los camareros.

Paga la copa y pide cambio para jugar a la tragaperras. De repente, suena el teléfono. Lo sorprende una voz grave, distorsionada, con un acento que quizá sea ruso o ucraniano:

—Sal ahora mismo. No te demores.

—¿Quién eres?— se extraña Brendan.

—No preguntes, tu vida corre peligro— le amenaza el hombre.

No hay nadie afuera, al menos a simple vista. En vano, mira a ambos lados. A la izquierda solo observa la rotonda presidida por un estrafalario monumento modernista que va a parar a un camino que el alcalde mandó rellenar artificialmente con tierra transportada por grúas. A la derecha deja los bloques de viviendas, donde se halla su antiguo apartamento, el 101, que probablemente ya nunca volverá a ver.

Echa a andar de nuevo hacia su casa, aún perplejo. En pocos segundos siente el frío metal de una pistola apuntándole en la nuca. El encapuchado que viene de frente le venda los ojos.

—¡Entra en el coche!—Entre los dos lo agarran del brazo y le atan las manos y las piernas con unas cuerdas. El que habla se monta con él atrás, sin alejar el arma de su cuello. El otro conduce alocadamente por el descampado lleno de baches que va a morir a la playa.

—¿Qué hacéis?—es lo único que Brendan logra

balbucear.

—Cállate, vas camino de que te vuele los sesos—le advierte el que está a su lado, apretándole con el cañón en la boca—. Ahora nos vas a contar lo que haces con las putas.

—¿Qué? Yo en mi vida he… —ya no es capaz de articular palabra.

—¿Mataste a Lisa?

—No conozco a ninguna Lisa— responde Brendan secamente. El otro le pega un puñetazo en la mandíbula. Su ayudante hace un trompo y tira del freno de mano.

—¿Entonces qué coño hiciste aquella noche que desapareciste?

—No sé de qué me hablas ni quién eres.

El de la pistola le pega un rodillazo en los testículos. Brendan se retuerce de dolor.

—Te lo diré por última vez, ¿te follaste y mataste a Lisa?

—¡No, no, lo juro!

El secuestrador le pasa la boca de fuego por toda la cara.

—Ten cuidado—grita antes de abrir la puerta y tirarlo al mar como si fuera un saco de patatas. El automóvil avanza derrapando hacia la rotonda principal, presidida por la fea figura modernista.

XI

ALMANZOR, QUE EN ese momento emplea su descanso en jugar al Pictionary con Sonia e Izan, recibe un aviso desde la centralita. El operador le informa de que un viandante ha rescatado a Brendan, que se encuentra de nuevo al borde de un ataque de nervios.

—¡Que no se muevan, voy enseguida!—grita el inspector, que pone en marcha el coche a una velocidad mayor de la que suele y se presenta en el descampado. Brendan, sin soltar el brazo del anciano que lo ha ayudado, le dice que le han robado su cartera con documentación y dinero. Ha tragado agua y tiene la cara colorada.

—¿Lisa? ¿No dijo su nacionalidad?

—No, inspector. Yo no la conozco de nada. En mi vida me ha hecho falta ir a esos sitios.

—¿Y por qué si no iban a tomarse la molestia? ¿Solo por robarte el dinero?—Almanzor emplea un tono firme.

—Se confunden, le estoy diciendo la verdad. Son muy miserables, por cincuenta euros que llevaba.

—Bueno, vamos a comprobar si hay alguna Lisa a la que hayan matado utilizando una base de datos cruzada. Mantente disponible si no quieres que rastreemos tu teléfono. Puedes hacerte el documento de identidad en Benicàssim; hasta entonces, tendrás un resguardo.

Brendan se marcha cabizbajo. Es increíble las vueltas que va a dar. Decide tocar directamente el timbre de sus amigos colombianos, que viven en la 254. A medida que se acerca, le parece escuchar gritos.

Consigue oír a Daniela diciendo: —¿Qué pasa, que no puedo traer a mi hermana?

Anthony le chilla y la amenaza; se encuentra fuera de sí.

—No os aguanto—se queja Edith, cuya voz suena muy cerca de la de su madre y su padrastro.

"¿Da el golpe a la puerta o no? Qué alterados. Quizá mi presencia ayude a aplacar los ánimos".

Por fin se decide. Anthony es el que abre.

—Hola, Brendan. ¿Todo bien? Tienes mala cara—le saluda el colombiano, mirándolo de arriba a abajo.

"Mira quién habla", piensa el otro, aunque no lo verbaliza. Ignora por qué se ve en la obligación de proclamarse salvador de todas las parejas, precisamente él que ha perdido a la suya. Prefiere no confesarle que ha sido secuestrado, robado y agredido. "Tengamos la fiesta en paz", se convence.

—¿Quieres tomar algo?—le sugiere Daniela, de pie junto a su marido, ambos con el rostro aún enrojecido por la tensión de la situación anterior.

—Sí, una cerveza, si tienes—pide Brendan, que se ha sentado en el sofá con Edith a ver un programa del corazón en el que varios famosos se ponen a caldo. Pasado un cuarto de hora, Daniela sale del cuarto ya vestida con el uniforme sanitario.

—Yo me marcho ya, que entro a trabajar. Que tengas buen viaje—se despide, dando a Brendan dos besos. Por educación, el irlandés se queda media hora más con el padre y la hija. Pese a la charla forzada, se palpa en el ambiente que no muestran ni pizca de interés.

XII

ESE MISMO DÍA, sobre las tres de la tarde, uno de los tres móviles que Gerard tiene en su chalet ha comenzado a sonar con uno de esos tonos penetrantes que producen dolor de cabeza.

—¡Ana, están llamando al teléfono del piso!—vocea el francés, orientando su cabeza hacia la habitación donde su esposa coloca la ropa. La alegre mujer rusa de larga melena rubia y caderas anchas llega apresuradamente, corriendo descalza de puntillas por el salón.

—Buenas noches, dígame—se coloca el aparato en la oreja—. Perdona, una duda, ¿nos encontraste por internet? —El otro titubea. La mujer sigue hablando. —No te preocupes. ¿Entiendo que es para esta noche?

—Sí, sí.

—Perfecto, entonces vente. Hoy están disponibles Valeria, Mía, Roxana...

—¿Y Sofía?

—No, Sofía solo atiende los fines de semana y con cita previa...Las fotos las tienes todas en nuestra página web...De acuerdo, es en la calle Carrer del Montseny, 45, cerca del polígono industrial. Cuando estés en la urbanización nos vuelves a llamar y te doy el número de la habitación....Gracias a ti, un saludo—se despide.

Gerard ve una de esas comedias americanas donde todos los compañeros de piso trabajan en la misma oficina. Agarra una botella de Johnnie Walker y se sirve una copa.—¿Está Daniela ya allí para recibir a los clientes?—pregunta, conteniendo un bostezo.

—No, me ha dicho que hoy llegaba sobre las nueve. Le cambió el turno a Ava.

—¿Tienes hambre? Vamos a cenar.

El hombre está a punto de hacer los filetes cuando, de pronto, recibe un mensaje de Lidia. "Ya tengo las facturas, ¿puedes venir?" Tiene muy claro que no hace falta estar cara a cara para solucionar un tema administrativo, así que intuye que la chica va a pedirle un favor, tal vez vacaciones o un aumento. "Siempre me hace la pelota para salirse con la suya. Se debe pensar que de recepcionista se va a hacer de oro".

—¿Qué quieres?—escribe.

—Necesito que vengas, date prisa.

—¿Ahora?

—¡Sí! Por favor, Gerard.

—¿Estás de broma?

—Gerard, en serio, necesito tu ayuda.

—¿Pasa algo?

—Es urgente. Te espero en la plaza del ayuntamiento.

El promotor conduce el BMW hasta la entrada de la localidad. Va despacio, escuchando en la radio la noticia del mantenimiento en prisión de un excomisario por la supuesta venta de información privilegiada para montar un entramado de empresas. Encuentra un sitio libre fácilmente; camina observando las terrazas y hoteles a ambos lados, cruza un parque y enfila hacia el lugar de encuentro.

Lidia está sentada en un banco. Rodea con su brazo el cuello de una chica que llora y a la que le sale sangre del labio. Cuando Gerard las ve se impresiona. Lidia se levanta de un tirón.

—Gerard, esta es mi amiga Rocío.

El hombre examina con atención su espalda encorvada y su apariencia esquiva. Es morena con extensiones, medirá un metro cincuenta, aproximadamente cincuenta y cinco kilos.

—¿Qué te ha pasado?

—Me ha...me ha pegado el ruso— farfulla Rocío.

—¿Vladimir?— deduce que habla de su antiguo socio —. ¿Lo conoces?

—Neces-sita tu ayuda, Gerard— dice tímidamente Lidia contestando por ella.

—¿Para qué?

— Bueno...¿podrías llevártela para darle trabajo? Ya sabes...en la casa...

—¿Entonces trabajas para Vladimir?—Gerard busca la confirmación de la asustada joven.

—Me ha echado. Me ha dicho que me vaya solo porque ayer recaudé un poco menos. Mira qué puñetazo—protesta Rocío bajo la herida semitapada por un pañuelo.

—¿Pero él sabe que vas a hablar conmigo?

Rocío hace un gesto de negación.

—No, no sabe nada. Le he dicho que tú conoces a ese hombre y que es un ca-cabrón. Contigo estará segura. Pero a mí no me metáis en líos, que yo no te-tengo nada que ver con ese mundillo, ¿eh?—interviene de nuevo Lidia.

—Ese hijo de puta es peligroso. Ya le dije que no se

mezclara más conmigo— afirma Gerard—. ¿Queréis un cigarro?

Rocío lo rechaza amablemente; Lidia lo acepta, le pide fuego y añade:

—Que no se entere nadie, que esta es una amiga mía de toda la vida. No los denuncia por miedo.

—No te preocupes. Rocío, si quieres te llevo ahora, conoces a las compañeras y pruebas, me pilla de paso — se ofrece Gerard.

Ella asiente con la cabeza. Ambos se despiden de Lidia y se montan en el coche.

Alex toca la puerta blanca del prostíbulo, que está a pie de calle, ansioso por ver qué le deparará el nuevo lugar. Eileen abre y se esconde detrás, como suele hacer. Cuando encuentra al chico desea que le trague la tierra.

—¿Tú? ¡No! Pero...¿tú qué haces aquí?—dice entre indignada y maternal.

—¡Joder! Eso mismo digo yo—contesta Alex, dando un paso atrás.

—No se te ocurra decir nada, ¿eh?

—Por favor, no se lo digas a Sinead. Me siento muy solo, yo nunca...

—Pasa, anda. ¿No harías esto cuando salías con mi hija?—protesta Eileen, que se hace llamar Ava por discreción.

—No, lo juro, atendedme.

Eileen estalla en una carcajada.

—¿Venías por alguna chica en especial?—dice con

tono dulce, aún sin poder borrar su cara de sorpresa.

—La que me ha cogido el teléfono me ha dicho varios nombres, pero no las conozco.

—Pasa un momento—le pide Eileen, acompañándolo hasta la habitación. ¿Cuánto tiempo vas a querer?

—Media hora, en principio—se quedan mirándose mutuamente—¿Y tú, no estás disponible?— dice apoyando sus dientes superiores sobre los labios y dirigiéndose a ella de forma tímida y a la vez atrevida; la agarra por la cintura.

—¿Yo? ¡Cómo se te ocurre! No, lo siento—vacila Eileen, sin quitarle las manos.

—Qué pena, a mí me encantaría—aunque se siente fatal, a Alex la inesperada situación se le hace cada vez más excitante.

—No, yo no lo hago. ¿Esperas aquí?

Eileen se ausenta y vienen, por turnos, tres chicas que lo saludan con desgana. Cuando la irlandesa vuelve, Alex le paga y le dice a quién ha elegido.

—Ah, Rocío. Es nueva, acaba de empezar. Toma, esta es tu toalla—aclara ella.

Acto seguido, cierra suavemente la puerta y se marcha, dejando el sonido de los tacones a su paso. Alex se acuclilla en la habitación, presidida por una luz cobriza y liberada de la oscuridad por una pequeña vela. Aún no termina de digerir la situación, y se pregunta si lo que la madre de su exnovia le ha contado es verdad.

"Lo bueno de esto es que ninguno de los dos podemos

juzgar al otro moralmente", se consuela en vano a sí mismo.

En la radio que hay al fondo de la habitación suena tenuemente una versión instrumental de Pink Floyd. Han transcurrido cinco minutos cuando aparece Rocío, cubierta solo por ropa interior roja.

—Hola, ¿cómo estás? ¿Te has duchado ya?—susurra con tono sensual para romper el hielo. El chico se incorpora e intercambian algunos tópicos sobre la situación, la edad, el tiempo que ella lleva en la casa y demás parafernalia. Alex se recrea observando el firme y redondo trasero de la nena, que de espaldas a él coloca la ropa de cama. Su corazón comienza a acelerarse.

Sin embargo, cuando, ya de vuelta a su propio piso, acuesta a su hijo Daniel y por fin se va a la cama, tiene un sueño erótico con Eileen. Se despierta sobresaltado, carcomido por la culpa. "Solo es una fantasía inconsciente", se repite.

Esa misma tarde, Rosa, de delitos telemáticos, ha analizado el registro con todas las llamadas que Alex realizó con el teléfono ya dado de baja. Quizá alguna de ellas sirva para esclarecer su implicación en el caso. Prefiere llevar la iniciativa y dejar la comunicación a Almanzor y Roberto para más tarde. Al fin y al cabo, el caso les viene grande. Sabe que Alex fue pareja de Sinead, aunque fuese solo durante dos meses. Ha descubierto que frecuentaba prostíbulos. Tiene un bebé y rechaza dar muchos datos sobre la madre. Le parece un vividor. "¿Pero quién soy yo para juzgar, si me he quedado sola?", se sorprende pensando después.

Rosa aguarda con impaciencia a que comparezca Isabel. Siempre le ha parecido inteligente, un ejemplo a seguir, aunque su ironía se haga a veces pesada. "Todo se debe a que es muy analítica", la justifica. Eso no es una desventaja. Se siente afortunada por haber coincidido con ella en la comisaría de Benicàssim. Por fin aparece; se saludan con un apretón de manos, pese a la confianza.

—¿Cómo vas, Rosa?

—Hoy tenía tarea analizando varios casos de extorsión telefónica. Me dio tiempo a introducir todos los números a los que llamó Alex con su anterior móvil.

—¿Algo interesante?—pregunta Isabel elevando una ceja.

—El buscador arrojó códigos con los dígitos que yo tecleé, que ni siquiera eran puñeteros teléfonos. Imágenes con letras chinas y rusas, más imágenes de comida, mechones de pelo falso. Las llamadas confirmaron lo que esperaba: "el número marcado no existe". Fui a por el siguiente, esta vez sospechoso, denunciado en varias ocasiones por otros usuarios, concretamente como *spam* telefónico. Cuando establecí conexión, me contestó una chica, diría que de unos treinta años, con voz sugerente. Me ha dado lugares y precio, sin entrar en mucho detalle. Los demás son directamente casas de putas que se anuncian en internet.

—Por lo visto el colega era una joya, ¿no? ¿Quieres que vayamos a alguna?

Rosa niega con la cabeza.

—Hay tantas casas que no sé por cuál deberíamos empezar. Podemos geolocalizar las direcciones dudosas. Todas estas llamadas las hizo, según la lista que nos ha dado el operador, entre el 5 de mayo y el 31 de agosto.

—Pues vaya…¿Le avisamos?

—Creo que deberíamos hacerlo cuando tengamos algo que decirle. Sabemos dónde vive ahora, así que… A lo que iba, hay un teléfono que es de una tal Yaiza. Al parecer, una amiga suya.

—¿Y qué te ha dicho?

—Parecía afectada. Me habló muy bien de Alex, se ponía nerviosa, como si estuviera enamorada de él. Dice que él salió con la sobrina de Malory, pero que lo habían dejado. También se ofreció a colaborar con nosotros cuando vaya a visitarlo a Valencia.

—A ver, ¿dices que te saltaban letras rusas?—inquiere Isabel.

—Sí, ¿por?

—Me ha dado un toque Almanzor. Dice que han secuestrado a Brendan. Lo ataron de pies y manos y lo amenazaron. Le preguntaron si se había acostado con una tal Lisa, al parecer una prostituta.

—¿Puedes poner ese nombre en el buscador para ver si sale alguna?

Rosa hace lo que la jefa le pide.

—Bueno, salen unas cuantas. Habrá que comprobar si las fotos son falsas.

—Ya tienes pasatiempo. Voy fuera a fumarme un cigarro—dice la comisaria.

XIII

En OROPESA, BRENDAN se tumba en la cama. En su última noche, espera poder dormir un número razonable de horas. Desafortunadamente, le asalta una de sus pesadillas. En esta ocasión, Malory emerge de un mar ensangrentado con las cuencas de los ojos giradas, gritando en un dialecto ininteligible. De repente vuelve a tener la cara normal, su dulce rostro. Como si no lo conociera, se dirige a él en los siguientes términos: "Buenas noches, caballero, puede usted pedir un deseo". Seguro de su respuesta, Brendan manifiesta: "Tengo cuarenta años en este momento. Me gustaría quedarme para siempre en esta edad, nunca ser más viejo".

La pelirroja sonríe.

—De acuerdo, sus deseos son órdenes para mí.

Su cuerpo se va deshaciendo y convirtiéndose en una enorme nube de humo rosado. El hombre vuelve a resguardarse de sus propios fantasmas entre las sábanas, aquellas que en realidad custodian su sueño; se acurruca en posición fetal. De forma repentina, comienza a notar su frente cada vez más helada, una sensación que se extiende poco a poco hacia sus párpados, su boca, sus mejillas, su corazón, su vientre, sus piernas.

Todo su ser se paraliza, y solo entonces comprende que no cumplir años supondría morir a causa del frío más miserable, en el invierno más espantoso que su ingenua mente pudiese imaginar, tal y como le ha pasado a Malory.

Se despierta sobresaltado y sudoroso. Se ducha con

agua casi hirviendo, se viste, recoge el contrato y las llaves que Gerard le tiene preparadas y toma la carretera hacia su nuevo hogar. El tráfico le pilla de lleno, por lo que tarda aproximadamente cuarenta y cinco minutos en llegar al pueblo. El sistema de navegación lo lleva sin dificultad hasta la urbanización, donde dos niños juegan alocadamente a la pelota.

Junto al portal espera un chico al que le calcula unos veintidós o veintitrés años, que resulta llamarse Manuel. El agente acude más o menos puntual, aunque unos minutos después que ellos, que ya han entablado una conversación.

—Buenos días. Soy Antoine, de Promociones Helio, encantando—saluda con un fuerte apretón de manos a cada uno.

En la agencia, mientras formalizan el proceso, Manuel no deja de hacer preguntas.

—¿Queda muy lejos la playa?

—No, a unos diez minutos. Salís por la primera bocacalle a la derecha y todo recto.

—¿Y el centro comercial?

Antoine extiende un mapa sobre la mesa del despacho y se ajusta las gafas.

—Vosotros estáis aquí. Tenéis tiendas de alimentación al lado, pero el centro comercial… ¿vais en coche?

—Sí, yo sí—contesta Brendan.

El promotor saca un rotulador y va marcando la ruta sobre el papel.

—Pues entonces sales a la carretera, como si fueras a la playa; al llegar a esta rotonda, tomas la salida de la izquierda, y después es la segunda o tercera calle. Ya verás las señales.

Por los apellidos que figuran en la tarjeta, Brendan intuye que Antoine es hermano de Gerard, pero omite el comentario. Aunque con mucho más pelo, la frente prominente y la nariz aguileña los hacen muy semejantes.

El hombre los orienta hacia su nuevo piso, que se encuentra en un bajo en uno de los portales más discretos. Les va enseñando todas las estancias de una forma que para Brendan demuestra que acumula unos cuantos años de experiencia en el negocio.

Cuando el agente inmobiliario se marcha, los inquilinos continúan conversando.

—¿A qué te dedicas?—pregunta Manuel.

Brendan observa al muchacho con recelo.

—Trabajo en una empresa de seguros. ¿Y tú?

—Monitor en una piscina de bolas infantil. También hago de árbitro en partidos de fútbol los fines de semana.

—Vaya, ¿sí? Me gusta el fútbol.

—¿De qué equipo eres?

—Del Valencia—acompaña su respuesta con una risita falsa.

—Pensaba que de algún equipo de tu país. ¿Eres escocés?

—Irlandés—contesta Brendan indignado.

—Yo…bueno, soy del Real Madrid. En realidad, disfruto viendo a cualquier equipo. También he estudiado Educación Social; me preparo para unas oposiciones.

—Vaya, una vida muy ajetreada.

Brendan se aparta a su habitación. Detrás de la aparente complicidad no hay más que un protocolo. Todo fachada. A Brendan no se le ocurre contarle el espeluznante caso de su mujer, algo que Manuel habría acogido con incredulidad. Seguramente haya oído sobre el caso en la televisión sin poner cara a los protagonistas del suceso. No se fía de él. No sabe muy bien por qué, pero ha perdido la confianza en la gente y nunca más la va a recuperar. Comienza a buscar en Google. "Intoxicación mortal por asfixia", "ingestión de hielo seco", "hielo seco y muerte", "nieve carbónica daño leve", "cloroformo", "lesiones de la cabeza", "traumatismo craneoencefálico", "suicidio", "depresión", "insatisfacción marital", "debilidad", "pérdida de apetito", "obsesión por pérdida de un ser querido", "ludopatía". Cada término lleva a uno nuevo. A veces, arroja como resultados noticias de muertes absurdas o de asesinatos cuidadosamente planificados; otras, de enciclopedias médicas: definición, síntomas, tratamiento, estadísticas mundiales. Un hervidero de comentarios en foros, tan absurdos y molestos como sus preocupaciones en las noches en vela.

XIV

ADRIANA VUELVE DE la consulta con un papel en la mano.

—¿Qué traes?—pregunta Juan al tiempo que se baja de la bicicleta estática.

—Me ha quitado algunas pastillas y me ha dejado solo con la Imipramina.

—Entonces, ¿cuáles puedes dejar de tomar?—dice acercándose a ella.

Adriana le besa suavemente en la boca.

—El hipnótico y el inhibidor de la recaptación de serotonina.

Desde hace tiempo le preocupa que Juan pueda percibirla como una loca.

—Bien, ¿no? Parece que vas mejorando.

—No sé, Juan. Mi jefa ya no va a aguantar más.

Espera a que su marido refute su afirmación, pero él permanece callado.

—¿Sabes lo que he pensado? Que podría montar un centro. Hay muchos locales que se alquilan en esta zona. ¿Y si pido un préstamo?

Juan se pregunta por qué se fijó en Adriana en aquella aplicación de citas. La percibe como sensible y soñadora, al contrario que él, un hombre práctico que viaja y se reúne con empresarios y negociadores.

—Pero montar una empresa no es tan fácil—manifiesta con aire condescendiente.

—Tú, tú puedes ayudarme. Con todas las gestiones de proyectos y de eventos que haces…Me apuntaré a un curso, pero necesito que me eches una mano el primer año.

Juan se apoya la mano en la barbilla, escéptico.

—¿Pero por qué vas a endeudarte de esa manera?

—No, si yo solo digo que, si me despiden, no va a haber muchas alternativas. Los puestos que vienen en las páginas de empleo son una mierda. Puedo pedir todo el dinero del paro junto. Tú me ayudarías, ¿verdad?

—¿Y dejar mi trabajo? Si sale mal, no creo que encuentre otro igual.

—No, si no me refiero a eso. Con que me apoyes en ciertos asuntos es suficiente. Para el resto puedo contratar a un recepcionista o llamar a la gestoría. ¿Qué más da? Todo el mundo tiene que empezar de cero—expone Adriana.

—No digo que no lo hagas, pero yo que tú me tomaría un tiempo. Aprovecha la baja y expón tu idea en el ayuntamiento.

Adriana asiente, apretando los labios para indicar que falta un asunto por considerar.

—¿Y podremos tener un hijo?—le pregunta, dejando al descubierto sus ojos tristes.

—Pues claro que sí, cariño. Hay tiempo para todo. Si te centras en lo prioritario en cada momento, no habrá problema—asegura Juan. Ella ignora si ha de interpretarlo como un reproche o una simple afirmación.

En la terraza, Juan se empeña en arreglar una silla con dos patas rotas. La barniza, pero los trozos no se mantienen pegados. Harto, pierde la paciencia y la estampa repetidamente contra el suelo hasta que se hace añicos.

Antes de la cena se acomoda en el salón, escuchando música instrumental con los auriculares puestos a todo trapo. Sentado frente a la mesa, introduce datos en una hoja de cálculo. De vez en cuando mira por el rabillo del ojo a Adriana, que se mantiene enfrascada en la lectura de un libro. "Antología del cuento español: 1900-1939", dice la portada. Alberga esperanzas en ella ahora que ha retomado la lectura, afición que tenía aparcada, lo que quizá indique que de verdad se halla cerca de superar su trauma.

La estabilidad que van alcanzando en su relación después de tantos conflictos le produce a la vez ternura y culpabilidad. Camufladas entre clientes y facturas, las imágenes se agolpan en su mente. Le viene a la cabeza aquella fatídica noche, tres años atrás, en la que fueron a la discoteca Palm Trees en Oropesa. Advierte que ha pasado de querer controlar a su pareja para conquistar la felicidad a ser dominado por los recuerdos y la culpa, la maldita culpa.

En aquella época, Daniela trabajaba detrás de la barra hasta las seis o las siete de la mañana. Esa noche Adriana, Malory, Brendan y él mismo habían bebido bastante. El único sobrio, Anthony, se ofreció a llevar a Malory y Adriana a casa en su Uber porque se encontraban fatal. Tenía el asiento de atrás lleno de trastos, así que no cabían todos. Como tenía que recoger a clientes, Brendan y el propio Juan se habían quedado en la discoteca. La espera se alargó tres horas, ya que, al volver, Anthony no pudo localizar a ninguno de ellos en el móvil. No tenían cobertura dentro. Tampoco lo dejaron entrar porque había olvidado el sello y el aforo estaba completo. Los porteros se pusieron nerviosos casi enseguida, así que desistió.

Anthony se quedó con la música puesta dentro del Uber junto al aparcamiento, fumando un cigarrillo tras otro durante veinte minutos. Brendan no se había movido de uno de los sofás de los reservados, donde durmió a pierna suelta durante casi toda la madrugada.

Juan se lleva la mano derecha a la cabeza. Recuerda su primer encuentro con Daniela. En realidad, la situación se le fue de las manos. "Sí, efectivamente. Me equivoqué". Le mira las piernas. El pintalabios le sienta de maravilla.

—¿Qué te pasa? Anímate.

—Nada, es que estoy cansado.

—Venga, vamos a bailar.

Nota el ardor y el sabor dulce de los chupitos que ha tomado. Casi toda la gente se ha marchado, así que Daniela sale de la barra y se contonea delante de él a ritmo de bachata. No tarda en llevarlo a aquella maldita habitación, donde se quita los zapatos de tacón de aguja y el vestido de satén y se queda solamente con el sujetador de encaje y el tanga rojos. Desnuda es aún más increíble, y pronto siente sus labios carnosos bajando por su vientre. Antes de que se dé cuenta está botando sobre él. La pone a cuatro patas y la penetra con fuerza. Quedan para otro día, en diario, aprovechando que Daniela tiene llaves de la discoteca. Juan se quita los vaqueros y la camiseta estampada. Ha evitado acicalarse para que Adriana no sospeche y se trague el cuento de que va a tomar algo con un compañero de trabajo. Se presenta en la sala con ganas de sexo. Daniela juega con las luces y la música en la cabina del *disc-jockey*. Ella se sienta en la barra, le guiña un ojo y le pide que se acerque moviendo el dedo índice. Él obedece. La colombiana le muestra el móvil.

—Mira, tengo un regalo para ti.

Se apodera de él un tremendo escalofrío cuando ve el vídeo en la pantalla. Los gemidos que antes le excitaban ahora le resultan espeluznantes. La sostiene con fuerza por las muñecas, pero ella le advierte: "no te muevas o llamo a Vladimir. Como te pases un pelo te pega dos tiros". La suelta y ella se dispone a hablar pausadamente.

—Va a venir una chica a ayudarme con las botellas. Trabaja aquí, pero está sin papeles. Cuando yo te diga, quiero que tomes el carro y la lleves a casa.

—¿Cómo?

Daniela le pide que obedezca y no pregunte más. Lisa también es colombiana, muy parecida a ella, aunque más delgada y de piel más oscura. Lleva una camiseta de camuflaje, mallas negras ajustadas y un chaleco azul marino. No para de hablar y reírse. Juan intenta seguirle el juego y darle conversación. Daniela dice que va a buscar una botella y se detiene al fondo de la barra. Cuando vuelve, ya tiene preparados los tres chupitos. Brindan, beben y continúan charlando.

A los diez minutos, Lisa se queja de sequedad de boca, calor y mareos. Daniela le pregunta cuándo tendrá clientes y qué días libra. Las respuestas y el discurso se tornan cada vez más incoherentes. Mientras la invitada va al baño a beber agua, Daniela le explica a Juan el verdadero plan.

—Le he echado escopolamina. Quiero que te la lleves a un descampado, la desnudes y le esparzas el semen de este bote. Ni se va a enterar aunque esté despierta. Luego cárgatela. Dentro de la mochila tienes un hacha y los guantes.

—¿Pero qué dices? ¿Estás loca?

—¿Quieres que te maten? No, ¿verdad? ¡Pues haz lo que te digo!

—Daniela, ¿qué cojones quieres de mí?

—Haz lo que te digo o te llenarán de plomo. Y no avises a la poli o mando el vídeo. Lo voy a subir a internet.

"¿Así que esas tenemos?", piensa Juan. Tendrá que encontrar la manera de darle un escarmiento. No piensa ceder a sus chantajes. Cuando Lisa vuelve del servicio tiene los mofletes colorados y los ojos vidriosos. Daniela le hace una seña. Juan no piensa agredirla. La dejará en su barrio y se marchará.

A los tres minutos, Lisa le ordena que se detenga. Repite sin parar que mañana tiene un cliente, que se asfixia y que le flotan las manos. Antes de llevarla al pueblo, Juan para en una calle del polígono, coge la mochila de debajo del volante y se baja a orinar. Vuelve a meter la llave, que tarda casi medio minuto en girar. Lisa sigue protestando.

—¡No arranques!

—Coño, ¿qué quieres?

Lisa saca del bolsillo de su pantalón una navaja.

—¡Quieta! ¿Qué haces, estás tarada?

La chica le hace un corte horizontal en la muñeca. Juan le pide que suelte la navaja y ella obedece como abducida. Pone el Seat en marcha de nuevo. A los pocos segundos, vuelve a notar el pinchazo del metal en su mejilla. Frena en seco. Abre ligeramente la cremallera de la mochila; el mango de madera asoma por el bolsillo.

—¡Suelta la puta navaja!

Ella la tira al suelo debajo del asiento. Juan desliza sus manos por los guantes de látex y le asesta un golpe seco con la gruesa hoja de acero del hacha. "¿Qué hago, qué estoy haciendo?". La sangre le sale a borbotones. Asustado por lo que ve, acelera, atraviesa las fábricas vacías rezando porque no pase la policía y respira hondo al llegar al descampado. Muriéndose de asco, la desnuda y vierte sobre su pubis el líquido que hay en la botella. Mira hacia el cielo, la agarra por la cintura y la arroja al barro. Quema los guantes y se marcha. "Soy un asesino", repite mentalmente al oír el rugido del motor.

XV

DANIELA CAMINA DE la mano de Edith por la terminal del aeropuerto. Arde en deseos de que comience la cuenta atrás para superar la pesadilla. Las personas que ansían el momento de volver a ver a sus seres queridos giran su cabeza hacia los paneles. Tal vez el constante cambio de rumbo radique en nuestros genes. Sea cierto o no, no puede permitirse más vivir en el infierno.

Ve a su hermana Samanta correr a abrazarlas a las dos. Lleva solo el equipaje de mano.

—Hola, ¿qué más pues?—dice Daniela.

—¿Qué hubo? Qué ganas tenía de veros. ¡Edith, cuánto has crecido!—exclama Samanta, observando detenidamente el cuerpo de mujer que comienza a adivinarse en la figura de su sobrina.

Daniela se pone las gafas de sol y conduce por la autopista.

—¿De verdad crees que aquí vas a estar mejor, Samanta?

—Ya te lo dije, la guerrilla amenaza al Gobierno. Han aparecido muchas mujeres asesinadas en las comunas. Y papá...bueno, tú te libraste, pero sigue con su mal genio. A todas las hermanas nos sigue bufoneando.

—Pero aquí es una vaina. Anthony no siempre derrocha simpatía—explica Daniela, mientras toma la salida hacia Oropesa y mira a Edith de reojo, con la invisibilidad que le permiten las lentes negras. La chica asiente con la cabeza en la parte de atrás.

Samanta mira a su hermana de arriba a abajo.

—¿En serio me estás pidiendo que vuelva a ese infierno? Ni muerta...

—¡No tenemos por qué regresar a Colombia! Con la documentación que te voy a dar tendrás papeles para poder moverte por cualquier parte de España. Tú solo tienes que confiar en mí—asegura Daniela, poniendo en marcha la radio.

—¿Documentación falsa? ¿No nos pillarán?—se desespera su hermana.

Daniela hace ademán de tirarse del pelo.

—Mira, Samanta. En Medellín trabajé como mesera, limpiadora, geriatra. Todo lo que tengo me lo he ganado a pulso: mis estudios, el inglés... El que iba a ser mi esposo se creyó más duro que la botella, y habrá muerto o andará en programas para alcohólicos. Mi compañera de piso, Paola Andrea, ella sí que me enseñó a ser libre. A la libertad no se debe renunciar—concluye, disminuyendo la velocidad para entrar en el casco urbano.

—¿Pero dónde piensas ir?

—Déjame echarle mente. Lejos, a Madrid, a Barcelona, no importa. Bueno, ya hemos llegado.

Estaciona el Seat Córdoba junto a la agencia de Promociones Helio, donde Gerard y su compañera Marisa atienden a algunos turistas. En cuanto termina con el primer cliente, el francés se levanta a saludarlas.

—Buenas tardes, Daniela. Hola, Edith. ¿Cuál es tu nombre? Soy Gerard, encantado.

—Buenas tardes, me llamo Samanta.

—Pasad por aquí, sentaos.

Mirando a la recién llegada, Gerard comienza a explicar los pasos a seguir.

—Bien, como te habrá contado tu hermana, disponemos de apartamentos de alquiler sin compromiso de permanencia. Puesto que acabas de venir y no tienes nómina, lo más recomendable es que utilicéis el aval de Daniela. Lo único que necesitaré es tu documentación: pasaporte o documento nacional de identidad.

—¿Se requiere fianza?—pregunta Samanta con cierta preocupación.

—Tranquila, yo te lo dejaré—interviene Daniela.

Gerard se abrocha el último botón de la camisa.

—Sí, necesito un adelanto de dos meses. Como ya sabrás, el apartamento 101 tiene una reducción de precio. No hay problema, pero debido a que vivían en él los amigos de Daniela, mucha gente es supersticiosa y no quiere alquilarlo. Ya está amueblado. En realidad, el accidente ocurrió en la bañera de hidromasaje que ya hemos cerrado. Han abierto una investigación y...

—Tranquilo, Gerard, ya se lo he explicado yo. Bueno, te tiene que enseñar el piso, así que nos vamos, Anthony espera. ¿Pasas por casa cuando termines? —interrumpe Daniela.

—Claro, ahora os veo.

Los días pasan y Samanta aún no ha encontrado un trabajo. Ha entregado algunos currículum para puestos de camarera. Daniela ha solicitado a Gerard que utilice sus contactos para ayudar a su hermana, a lo que el francés ha respondido "ya sabes que hago lo que puedo, pero no soy Dios".

Daniela piensa en que tiene que hacer un esfuerzo para llamarla Samanta, aunque su nombre real sea Johana. Anthony no sabe nada, porque cuando se conocieron en Medellín solo le dijo que tenía cuatro hermanas y un hermano. "Todo va a salir bien", se repite frecuentemente.

"Qué más da, carajo, si esa es mi vida: lavar lo que no me gusta de mí y hacer la vista gorda". Prepara una vez más el traje de auxiliar de geriatría. Se siente extraña. No miente en decir que hoy va a la residencia, como cada día de lunes a jueves, aunque los fines de semana regente un prostíbulo. Solo ha tenido que hacerlo con esos hombres algunas veces, cuando Gerard y Ana se lo piden. Todo es posible camuflándolo bajo un segundo contrato a media jornada como limpiadora.

Vive rodeada de medias verdades, declarando solo parte de sus ingresos. "Todas las decisiones que he tomado han sido en mi legítima defensa. Del dinero que cobré por lo del seguro de vida no me queda mucho, porque Anthony no se resignó a respetar su propiedad". Tiene que volar como una paloma, hacer caso a los consejos que le dio Paola Andrea.

En el geriátrico, repasa con sus compañeras las fichas diarias de los pacientes. Comprueba si han orinado y defecado, si cenaron la noche anterior, si comen bien. Con traje blanco y guantes azules, comienza a cambiar pañales. Luego se reúne con su grupo y se pone a dar el desayuno a los ancianos. Presta especial atención a uno afectado por

Alzheimer. Leche con galletas y cereales, todo triturado. Lo limpia con el babero. El hombre sonríe y ella le acaricia el hermoso cabello blanco de la nuca.

Cuando regresa al hogar, se sobrecoge por su propio buen humor. ¿Y si se queda un poco más para ver si se enmienda su relación?

La puerta del salón se ha cerrado de golpe con el aire. Para no perder las buenas costumbres, echa el cerrojo de la entrada antes de pasar. Gira el pomo hacia la izquierda y, al empujarlo, su cerebro termina de proyectar la extraña imagen que ha recibido a través del cristal.

Anthony, de espaldas, erguido en el centro del cuarto de estar. Su trasero al aire. Los pantalones y el cinturón desabrochados por debajo de las rodillas. Tapada por el fornido torso, Edith, cuyos labios y piernas tiemblan. Se encuentra desnuda, cubriéndose los pechos con las manos. Todo transcurre muy rápido. Daniela zarandea a Anthony por los brazos.

—¡Eres un cerdo! ¿Cómo te atreves, hijo de puta?

—Pero ha sido ella, está chalada...—balbucea Anthony dándose la vuelta.

—¡Mentira!—grita la niña.

La madre se queda mirándolo unos instantes. Le asesta un bofetón en la mejilla derecha. Sin apenas tiempo para reaccionar, Daniela encaja un certero puñetazo en un ojo. Permanece inmóvil, despatarrada en el suelo.

Edith observa los objetos que hay en la mesa. Con las dos manos agarra la máquina de coser de Daniela, que se encuentra junto al libro de matemáticas. Sin apenas pensarlo, corre hacia Anthony, que no ha terminado de girarse, y le golpea en la sien con una fuerza incontrolada. Emite un grito agudo al verlo desplomarse de lado, encima de su madre, que a pesar de tener los ojos abiertos aún no parece haber recuperado completamente la conciencia. Desde su cara hasta el parqué la sangre le sale a chorros.

Cuando alcanza la plena percepción de la gravedad de su acción, Edith, aún desnuda, no puede evitar gritar:

—¡Está muerto!

Daniela se levanta y corre hacia ella para taparle la boca con una mano.

—Calla, calla, he sido yo—susurra.

—¡No, mamá! ¡No! ¿Qué ha pasado?—solloza Edith, resistiéndose a verbalizar sus sentimientos. Un río de pensamientos cruzan por su mente. Se pone el pijama. "He matado a una persona", se repite en su cabeza. "Solo Dios puede quitar la vida. Y yo se la he arrebatado, pero volvería a hacerlo. Volvería a golpearle por proteger a quien quiero. Él no es mi padre. Nunca me quiso".

Daniela siente el peso de su propio cuerpo caer sobre la fregona con la que limpia la sangre. Entre tanto, un vecino llama a la comisaría local. Después de unos minutos, aporrean la puerta insistentemente.

—¡Policía!—dice una voz desde el descansillo.

Daniela se topa con Almanzor, que con rostro casi tan blanco como ella se dispone a colocarle las esposas.

XVI

UNA EMPLEADA CIRCUNSPECTA indica a Almanzor y Roberto que su turno ha llegado. Los agentes no disponen del IMEI del antiguo teléfono de Alex, así que la consulta se demora unos minutos.

—Pertenece a Alejandro Figueroa Salas. Ya le aportamos un informe a una compañera suya.

—Soy el jefe al cargo de la investigación. Solo nos haría falta un registro de llamadas de los últimos tres meses de uso.

De vuelta al despacho, en posesión del documento, Almanzor dicta a Roberto los números, sosteniendo con firmeza las dos hojas grapadas entre las manos. Una primera voz femenina anuncia al oficial las tarifas y servicios hasta que Roberto cuelga.

Vuelve a obtener una respuesta similar en hasta tres ocasiones y un contestador en otras.

—Parece que acudió a casas de citas durante una temporada, dejó de hacerlo cuando conoció a Sinead y volvió después de dejarlo con ella—sugiere Roberto.

—Este teléfono—apunta Almanzor, señalándolo repetidamente con el dedo índice.

—¿Qué le pasa?

—Figuran varias chicas anunciadas con él. Las fotos parecen hechas en la propia casa. Han debido de cambiar varias veces. Anuncio desactivado, de hace unos tres años. Reconozco esas luces y la pista de baile: es en la discoteca Palm Trees.

—¿Y Alex iba allí?

—No, Roberto, el local cambió de manos. Gerard fue el apoderado hasta que se cansó y prefirió no meterse en peleas. ¿Te acuerdas de la sudamericana que fue violada y asesinada?

—Sí, la que apareció en el descampado.

—Abre esa carpeta. Amplía la imagen. ¿Lo ves? Ahí al fondo. El día en que Daniela, Malory, Adriana, Juan y Brendan fueron todos a la discoteca. Posiblemente era una prostituta en Palm Trees. Daniela la conocía y por alguna razón lo ocultó. Disculpa, tengo que llamar a Rosa.

Almanzor se pone el auricular en la oreja. Después de dos toques, escucha la señal:

—Almanzor, ¿qué tenéis?

—Buenos días, Rosa. Oye, ¿puedes comprobarme un número? Alex llamó y no aparece en el listado que nos diste.

La compañera se mantiene en silencio durante unos segundos.

—No entiendo. ¿Habéis estado mirando los registros por vuestra cuenta?—pregunta, irritada.

—Pero si es lo mismo que hicisteis vosotros, Isabel y tú—se desahoga, aunque sabe que se la juega al nombrar a la comisaria.

—Yo os he pasado el del último mes.

Le aporta el número, sin obtener nada a cambio.

—Es igual. El caso...la documentación de Samanta que me han pasado los de la Guardia Civil era falsa. Según Interpol, se llama Johana Vélez Arango. Los apellidos siguen intactos pero se ha cambiado el nombre. Daniela y ella son hermanas de verdad. Probablemente la ha traído a España dándole papeles. Necesitamos saber cómo lo ha hecho.

—Venga, dame todos los datos y lo comprobaremos.

Almanzor cuelga el teléfono. Tiene una corazonada.

—Vamos a pinchar el correo electrónico de Daniela. Necesito que te quedes aquí analizando todos los mensajes. Llámame a la mínima.

—Pero, Almanzor, ¿de verdad nos interesa investigar un crimen ya resuelto? El asesino está en la cárcel—razona Roberto—. Apareció sin vida, fue mutilada con un hacha. ¿Qué más da si él frecuentaba ese lugar? Nosotros tenemos que averiguar lo que le pasó a Malory.

Almanzor continúa escuchándolo, pero no lo mira. En la pantalla, una noticia y un registro de identidad.

—Correcto, pero, ¿qué le dijeron los rusos a Brendan? Lo acusaron de haberse acostado con una tal Lisa y haberla matado. Mira aquí, Roberto. Es la misma mujer, la de la discoteca. ¿Sabes lo que creo? Daniela se inventó una hermana y dijo que era la que había muerto para poder cobrar un seguro. ¡Brendan trabaja en correduría!

—¿Y no se dieron cuenta?

—Roberto, ¿tú sabes cuántos desapariciones forzosas hay en Colombia? ¡Miles! Es un crimen de estado. Las borran del mapa y las explotan aquí. Da igual si a la Guardia Civil le da por consultar bases de datos internacionales, no queda ni rastro. Nunca desvelaron el nombre completo ni la identificaron.

—O sea que Daniela obligó al hombre a violarla y a matarla. ¿Y con el irlandés implicado?

—En lo de Lisa o en lo de su propia esposa, no lo sabemos. Los rusos extorsionan, hay gente muy chunga por aquí. Voy a visitar a Alex y luego a Brendan, a ver si así salimos de dudas.

Almanzor regresa a casa para comer. Al rato, Sonia vuelve con el niño del colegio y los tres juntos hacen lentejas con chorizo. Después del café, el inspector se queda viendo una etapa de la Vuelta a España, que le parece tan agotadora como el trabajo de policía.

—Tengo tajo esta tarde.

—¿Cuándo vienes?—le pregunta Sonia, contrariada, mientras observa a Izan realizar una suma.

—Por la noche. Voy a interrogar a dos personas—contesta Almanzor, apresurándose a coger la carpeta.

Sonia tuerce el gesto y asiente con la cabeza.

—¿Has visto esta noticia? "Se busca a los secuestradores del marido de la mujer irlandesa fallecida en Oropesa".

—Parece que hay muchas patrullas actuando a la vez. Ya me avisarán.

Almanzor se despide de Sonia y de Izan con besos y se apresura hacia el aparcamiento. Siente que no tiene manos para abarcar todo lo que quisiera. Su mente tiene que resolver el enigma, pero debe calcular bien sus pasos. "Si tuviera el don de la ubicuidad, la vida me trataría mejor", piensa al tiempo que esboza una sonrisa tonta.

Sabe que Brendan se ha mudado a Benicàssim, por lo que decide presentarse de improviso para sorprenderlo. El portal está abierto, así que pasa sin llamar. Es un bloque de pisos con piscina, en una zona tranquila, gestionada por Dulcemar, la sucursal de Promociones Helio en la localidad.

Con su temple habitual, sube las escaleras lentamente hasta el primero, busca la letra con la mirada y finalmente toca el timbre. Se sorprende al encontrar en el umbral de la puerta a Sinead. Ella también lo examina pasmada y se aparta un mechón de su largo cabello pelirrojo de la cara. Lleva un pantalón de chándal azul y sandalias de felpa. Parece tener sueño.

—Buenos días.

El inspector se cuadra y saca pecho.

—Buenos días, Sinead. ¿Qué haces aquí?

—He venido a pasar unos días con mi tío. ¿Va todo bien?—pregunta angustiada.

—¿Puedo hablar con Brendan?

—¿Para qué?

—Tengo que hacerle unas preguntas.

Sinead recuerda la amabilidad del policía durante el velatorio y le abre.

—Vale, pase.

Manuel levanta la cabeza de sus apuntes de la oposición de Educación Social. Se extraña al ver al inspector, pero cuando Brendan lo saluda mostrando familiaridad con él, comprende que los dos hombres se conocen. El estudiante observa sorprendido desde la mesa sin entender lo que ocurre. Sinead se aleja hacia su habitación jugueteando con su móvil. Las discusiones con Eileen ya eran insoportables, así que, cuando le pidió permiso para ir a casa de Brendan unos días, ella no puso muchos impedimentos.

—Brendan, necesito que me confirmes unas cuantas cosas.

—¿Va a tomarme declaración? Por desgracia, no sé más que lo que le conté.

—No, no, eso solo lo podemos hacer en comisaría. Únicamente quiero que me des unos cuantos datos.

—Vale, dígame.

—¿Reconoces a esta chica?—le muestra una fotografía.

—La verdad es que no.

—Se trata de Samanta, una hermana de Daniela.

Brendan niega repetidamente con la cabeza, baja levemente la mirada y vuelve a levantar la cabeza. Las manos le tiemblan.

—¿Te suena esta otra?

—No, no estoy seguro...Ahora que lo dice, creo que es aquella chica que mataron, ¿no? Salió en todos los periódicos.

—Sí, se llama Lisa. Supongo que sabrás que Daniela ha asesinado a su marido, ¿verdad?

El irlandés asiente.

—¿Te consta que hubiera malos tratos por parte de él?

—No, realmente no puedo afirmarlo, pero nunca me gustaron esos colombianos. Solo íbamos con ellos cuando a Malory le apetecía. Anthony era un antisocial que andaba siempre en peleas. El día que me secuestraron...

Manuel aparta la vista de sus apuntes, tensa el cuello

y abre intensamente los ojos.

—¡Un momento! ¿Qué es todo esto?

—No me gusta recordarlo, Manuel. Por eso no te lo conté.

—¿Pero que coño dices? ¡Me has estado engañando! ¿Quién cojones eres?

—No interrumpas, déjale terminar—ordena Almanzor con tono autoritario.

—Manuel, escucha. Soy el marido de Malory, la mujer a la que mataron en Oropesa. Te lo explicaré luego, no tengo nada que esconder—se defiende Brendan.

A Manuel la aserción le transmite precisamente lo contrario. Se le pasan por la cabeza un montón de escenas que ha visto en documentales sobre asesinos en serie, en los que el menos esperado termina matando a quienes se acercan a él.

—Sigue—insiste Almanzor.

—El día en que me pegaron los rusos, subí a despedirme de Anthony y Daniela. Se oían gritos. Discutían porque iba a venir una hermana de ella y a Anthony no le hizo gracia.

—Creemos que Daniela se dedica a falsificar documentación y obtener beneficio económico. Además, también sabemos que en la discoteca Palm Trees se consumían servicios sexuales. ¿Tenías constancia?

—Para nada, inspector.

Manuel y Brendan vuelven a mirarse con actitud hostil.

—¿Dónde te encontrabas la noche del veinte de

agosto de 2015?

—Oiga, ¿qué es esto? Dijo que no era un interrogatorio—protesta Brendan, cada vez más perplejo.

—No te preocupes, solo comprobamos si pudiste presenciar alguna escena que nos ayude.

—Pues no tengo ni idea, me quedé en casa, supongo.

—Te refrescaré la memoria. Fuiste a la discoteca Palm Trees.

—Puede, fuimos allí en verano con Juan y Adriana—contesta con desgana.

—¿Viste a alguna de esas mujeres?

—Ya le he dicho que no. ¡Nada va a devolverme a Malory! ¿Qué cojones están haciendo para encontrar al asesino? ¡No están haciendo nada!

—Brendan, eso no es cierto—el policía adopta un tono paternal—.Sabemos que trabajas como agente de seguros. Hace falta que compruebes si en tu agencia se ha dado de alta a alguien con los apellidos Vélez Arango.

Sin dejar de espiar de soslayo al policía, Brendan se levanta y coge el portátil que está en la mesa, cerca de Manuel, que ahora lo examina con un rictus de angustia y las manos sobre el vientre. Tras unos minutos buscando en la base de datos, la información se muestra en la pantalla. "Lisa Vélez Arango. Póliza realizada en junio de 2014".

—Se confirman las sospechas. Se ha realizado una suplantación de identidad. Daniela puede haberse disfrazado o utilizado a otra persona. También debo indicarte que la discoteca era propiedad de Gerard, por lo que quizá alguno de los dos haya participado en el asesinato de Malory.

Brendan cierra el puño y respira hondo.

—Pero el violador de esa tal Lisa…¿ha salido de la cárcel?

—No, él no pudo ser, ya que aún sigue cumpliendo condena. Seguiremos hablando. Tengo trabajo—concluye Almanzor, estrechando a ambos hombres la mano y dirigiéndose a la puerta.

Cuando el policía se marcha, Manuel duda entre callarse y reprender a su compañero de piso.

—Oye, Brendan, esto es de locos. Ya no quiero seguir viviendo aquí—dice poniéndose en pie y agitando las manos.

—Manuel, necesito que te quedes. Tú has estudiado la conducta violenta, sabes un poco más que yo, ¿no?

El chico se encoge de hombros mientras Brendan le pone al día. Con el oído pegado a la puerta de su habitación, Sinead presta atención a los temas de los que hablan: las vacaciones con Adriana, el *jacuzzi*, Lidia, la empresa de mantenimiento, los socorristas. Al fin sale de la habitación al oír nombrar a su exnovio, Alex. Le asalta la duda de si su tío no esconderá algo y estará quedándose a propósito en los hechos superficiales.

—No te preocupes, ya es mayorcita. No se va a asustar porque hablemos de estos temas—le dice Brendan a Manuel, y acto seguido mira a Sinead de reojo.

XVII

8 de septiembre

TIEMPO DE PROCESIÓN especial en Valencia. Siguiendo el redoble de los tambores, los niños desfilan ataviados con turbantes, blusas y pantalones bombachos. Las mujeres visten con mantillas; los hombres, como guerreros. Entre el público inmóvil que, formando un semicírculo, admira la singularidad del pasacalle, Almanzor se abre paso hasta encontrar el punto en el que ha quedado con Alex, que aguarda de pie, separado de la multitud. El chico lleva al bebé en una mano y una bolsa en la otra. A pesar de la ligera sonrisa que le dedica, al inspector le parece que tiene un rostro indescifrable.

—Qué pequeño es. ¿Qué tiempo tiene?

—Ocho meses—responde Alex orgulloso.

—¿Cómo se llama?

—Iván.

El inspector menciona a la similitud del nombre con el de su hijo Izan, que comenzó a gatear a esa edad. Añade:

—¿Qué llevas en esa bolsa? Trae que te la sujeto.

—Ah, esto, ropa de bebé. Me la ha dado un amigo porque ya no le vale a su hijo. Yaiza...mi novia se ha quedado currando para que viniera a recogerlo y a hablar con usted.

Se acuerda de Judith, la madre, con su pequeño rostro enjuto, a juego con sus ojos, fumando y esnifando cocaína en la terraza, envuelta en su pijama de franela. No puede existir mayor alivio para él que haberla dejado, por su propio bien y el de la criatura. En el piso, Alex mece al bebé en la cuna y se acomodan en el sofá. Almanzor se empeña en darle conversación antes de entrar al trapo.

—Me alegro, has encarrilado tu vida.

"Vienen sensaciones nuevas", piensa. Sinead toma a Iván, más menudo, entre sus brazos. Pudo haber sido la chica definitiva, pero se le ocurren poderosas razones por las que ha acabado con Yaiza. Malory le habla de la evolución física y psíquica del crío cuando lo recoge en la guardería; discute con su hermana sobre quién de las dos le hará a Alex el favor de cuidarlo para que él pueda hacer un recado. El doctor le informa: "la droga produce efectos tóxicos de la droga en el metabolismo del hígado y la capacidad digestiva".

—Sí, hace muy poco que estamos juntos, días. Ya nos conocíamos, estudió conmigo. Hemos alquilado un apartamento aquí.

—Alex, no podemos entretenernos, así que necesito que me seas sincero. ¿Te gustan las prostitutas?

—Perdone, ¿a qué viene este rollo?

—El verano pasado realizaste muchas llamadas perdidas que te delatan, y en otros casos tienes conversaciones de entre uno y dos minutos.

Alex se ruboriza y después busca la complicidad del policía.

—No sé... me acababa de dejar la novia y como

hombre tengo mis necesidades—reconoce.

Almanzor no cambia de expresión lo más mínimo.

—¿Podrías darme los nombres, describirlas o decirme dónde atienden?

El muchacho recopila una miríada de escenas de pasión, que le parece que hayan ocurrido hace una eternidad.

—Ni idea, ya no lo recuerdo.

—¿Estás intentando obstruir la investigación de la policía?—le acusa el inspector.

—Para nada—declara el joven, contrariado.

—El asunto es que dejaron tu nombre y tu teléfono bajo el limpiaparabrisas de nuestro coche. En el entierro de Malory, junto con la pintada. Me da igual si haces una orgía o te hinchas a porros, pero tenemos dos llamadas que te hizo Anthony poco antes de morir a manos de Daniela. Hablaste con él durante dos minutos en la primera, pero no contestaste a la segunda—afirma Almanzor hablando lentamente.

—No sé lo que me está contando.

—No me hagas perder la paciencia. Esa mujer ha sido víctima de homicidio si no se demuestra lo contrario, así razonan los buenos forenses. Tu número aparece allí y has cambiado de teléfono. Un poco sospechoso, ¿no crees?

Alex se rasca la nariz y la barbilla.

—Ya le dije la verdad, me amenazaron los amigos de Sinead. Además, Anthony también me dijo que me mataría si lo acusaba. Yo era el socorrista... mucha gente me metió el marrón a mí o pensó que sabía quién había sido, pero no.

—¿Y por qué iba Anthony a acusarte de algo semejante?

—Estaba zumbado, gritaba a su mujer... los veía mucho en la piscina. También se juntaba con mala gente y montaban trifulcas por el barrio.

—¿Por qué?

—Ni idea... A veces venían españoles y rusos con coches raros, se subía, discutía con ellos... Creo que trapicheaban con droga. Ni siquiera se alejaban de la urbanización.

Almanzor hace una pausa y mira hacia la pantalla de su Samsung.

—¿Te suena este número? Llamaste hasta en seis ocasiones.

—No, no me los sé—responde Alex, irritado.

—Mis compañeros han ido a la Calle Doctor Fleming, pero no contestan. Es una puerta a pie de calle, con la persiana siempre bajada. ¿No se habrán mudado?

Alex se esfuerza por contener una sonrisa pícara.

—Sí, creo que han ido a la Calle San Antonio.

—¿Has estado allí?

—Sí, hace dos meses—miente sobre el tiempo transcurrido para no dar aún una mayor imagen de promiscuo.

—¿Con qué chica?

—Una tal Rocío, española, morena, buenas tetas. ¿Qué importa eso? Oiga, yo solo quiero empezar de cero, olvidarme de todo... Estoy estudiando y mi vida ha cambiado por completo. No vaya a decir nada a mi novia ni a incriminarme.

—Me temo que no podemos descartar totalmente tu implicación en el crimen.

Como si hubiera seguido el diálogo, el bebé rompe a llorar. Alex corre a consolarlo, se excusa para ir un momento a la cocina y, cuando vuelve, comienza a pelar y cortar una pera para el chiquillo.

—No pueden acusarme—afirma finalmente con un tono entre afectado e infantil.

—Si no nos das motivos para ello—le corrige el inspector, dándole una palmada en el hombro—. Por último: tú trabajabas para Gerard, ¿qué puede tener él que ver con el crimen?

—Solo estuve allí en verano, desde mayo, poco antes de empezar la temporada. A Gerard se le veía buen tío. Le molaba el lujo, pero no era malo ni violento.

—De acuerdo, gracias por tu colaboración.

Almanzor pisa el acelerador mientras reflexiona sobre la etapa vital en la que se encuentra. Sin percatarse, ha pasado de formar a futuros criminólogos y cubrir casos de robos, secuestros y desapariciones, frecuentemente con resultados exitosos, a perseguir la sombra de un "crimen" que tal vez sea solo un suicidio o un accidente. Ambas hipótesis mantienen enfrentados a los forenses, y él solo se dedica a buscar a personas que conocían a la supuesta víctima, a ir detrás de sospechosos cuando, quizá, el asesino sea un hombre colombiano que ya ha muerto. Pronto retomará su actividad académica y pedirá un traslado o preparará las pruebas para otra especialidad.

Al llegar a su casa, pasa lo poco que resta de tarde leyendo un cuento a Izan y hablando con Sonia. Cena un sándwich y una pieza de fruta. Finalmente, se acuesta junto a ella, la abraza, cierra los ojos y piensa en una promoción dentro del cuerpo que posiblemente también sea una quimera.

XVIII

EL SUEÑO NO ha sido muy reparador para Almanzor, que en cuanto la alarma suena a las siete despierta con los ojos enrojecidos. Comprueba que tiene una llamada perdida de Roberto. ¿Qué querría a las cuatro de la madrugada? Antes de desayunar intenta averiguarlo.

—¿Qué hay, Almanzor?

—Dime, ¿qué tienes?

—Vas a alucinar cuando te lo diga. He encontrado un vídeo...

Inesperadamente Sonia le grita: —¡Vamos, hombre! ¿A qué aspiras? ¡Izan ya está vestido y llegamos tarde!—.Almanzor cuelga y se viste apresuradamente. No paran de discutir en el Ford Mondeo. Ella conduce a toda prisa hasta la dependencia policial, sin parar de reprocharle que solo viva para el trabajo.—Bueno, Izan, dame un beso. Pórtate bien en clase—se despide él. Sonia reanuda la marcha, de camino al colegio del niño y después al instituto donde trabaja.

Roberto aguarda en el despacho, con una pierna adelantada y los brazos tensos.

—¿De quién es el vídeo?

—De ella con Juan. Se lo envió a él por correo electrónico. Se acostaron en una habitación del hostal que tenían montado en la discoteca. Nos toca que analizarlo. La fecha coincide con la de la muerte de Lisa.

—¿Qué pone en el mensaje?

—"Aquí tienes", con letras rojas. Una advertencia. No especifica el asunto.

El ligero ruido de fondo de la grabación es molesto y la imagen ligeramente borrosa, pero se distinguen los cuerpos moviéndose, una cómoda, un espejo roto a la izquierda y unas cortinas rojas al fondo.

—¿Eso es todo?

—No, espera, Jose. Voy a ampliarlo. ¿Qué ves ahí?

Almanzor se esfuerza en discriminar visualmente los detalles.

—Lo que hay en el cajón entreabierto…¡El filo de un hacha!

—Exacto, la misma arma que fue empleada en el asesinato de Lisa. Eso que se aprecia sobre la mesita de noche es un paquete de guantes.

—¡Juan la mató! El semen del viejo que pusieron sobre el cadáver lo tuvo que meter Daniela en la botella.

—El hombre negó conocer a Lisa y a Daniela ni la mencionó. Lo pillaron igualmente porque lo de ese antro era un secreto a voces—recuerda Roberto.

—Pues se debió de acostar con las dos. Daniela guardó el semen al lavarse y chantajeó a Juan para que lo esparciera sobre el cuerpo de Lisa.

—Claro, después la hizo pasar por su hermana en la aseguradora y cobró la indemnización. Lisa no tenía papeles, como si no existiera. Se tragaron la mentira.

—Tiene todo el sentido. ¡Vamos a Benicàssim!

Los agentes se montan en el coche y se ponen en

camino. De repente suena el repetidor. Se trata de la policía local.

—Aquí Z-42. Adelante, central.

—Tenemos un código 10-37.

—Recibido.

—Dos hombres de nacionalidad rusa, junto a la estación. Posesión de cocaína, 2 gramos. Documentación falsa. Mazda 3 Skyactive Evolution robado con matrícula 8253 Delta-Zulu-Víctor.

—¿Antecedentes?

—Sí, son conocidos por la zona. Hurtos y agresiones a mujeres.

Almanzor le da las gracias al operador y cuelga la llamada.

—Los han detenido. ¿Pueden ser los mismos que secuestraron a Brendan?—le pregunta a Roberto.

—Seguramente, pero como iban encapuchados tampoco lo sabemos. Son muchos. Yo creo que ignoraban quién estuvo con Daniela, si Brendan o Juan, y atacaron al primero que engancharon.

—Al tal Vladimir ya le tocó declarar cuando se cargaron a Lisa.

—Sí, lo negó todo, dijo que él no explotaba a chicas, pero le cayó una multa de 2000 euros.

El barrio donde residen Juan y Adriana es perfecto para familias con niños. Muchos colegios cerca, espaciosas casas con tejado azul, parques y toda clase de tiendas alrededor. La pareja, de pie en medio de la acera, habla con un chico y una chica.

A través de la ventanilla bajada, desde el otro extremo de la ancha avenida, Almanzor y Roberto deducen que se trata de Lidia, la recepcionista del hotel de Oropesa, y de un muchacho al que apenas distinguen.

—¿Has visto? Qué hijos de puta. Me han pinchado las ruedas y me han pintado con espray. "Por Anthony" pone—se queja Juan.

—¡Hostia, tío! ¡¿Y eso?!—exclama Fran, el empleado de la empresa Gris.

—Pues ni idea. Yo no he tenido nada que ver. Solo me he enterado por el periódico de que Daniela lo mató.

Fran se lleva las manos a la frente.

—¿Por?

—Malos tratos. Se pelearon y ella acabó con él.

—Me dejas a cuadros…Bueno, tú denúncialo y ya los detendrán.

—¿Hoy no trabajas, Ad-driana?—interviene Lidia.

Los agentes se acercan a paso ligero, aún inadvertidos.

—No, sigo de baja. Voy a ir esta semana a ver si ya me dan el alta—contesta ella con desinterés y aspecto somnoliento. Lidia le da un ligero toque en la pierna—. Yo lo tengo libre hoy.

—Bueno, entonces, ¿qué vas a necesitar?—pregunta Fran, dirigiéndose a Juan.

—Lo que te dije. Para la discoteca del pueblo, una mesa de mezclas, *megatrón* y un técnico que vaya a instalar las luces.

Fran abre el maletero e indica:

—Mira, he traído la mesa. Es un modelo...

De pronto, Adriana gira la cabeza hacia el coche de policía, del que ve bajar a Almanzor y a Roberto, lo que desvía la atención del grupo.

—Buenos días. Documentación.

El inspector, con los brazos en jarras, orienta su cuerpo hacia Juan.

—¿Hay algún problema, agente?

—Juan Fernández, quedas detenido por la muerte de Lisa Vélez—anuncia Almanzor, tumbándolo contra el capó y esposándolo.

Mientras el detenido es escoltado hasta el asiento de atrás, Adriana sufre un nuevo colapso nervioso.
—¡Mierda! ¡¿Por qué?! ¡¿Qué coño pasa?! ¡¿Qué es lo que pasa?!—llora de rodillas y deja caer los brazos al suelo. El rostro se le transforma en una mueca pálida y desencajada. Lidia y Fran la levantan sin que ella oponga resistencia y entre los dos la sostienen de pie.

Roberto espera a que deje de bambolearse y añade:

—Tenemos pruebas de que tu marido mató a una mujer en la discoteca Palm Trees hace tres años, en una fiesta en la que también estabas tú.

—¡Eso es imposible!—grita Adriana.

Roberto llama a otra patrulla mientras sus amigos intentan tranquilizarla. En apenas dos minutos acuden. Finalmente, uno de los agentes acompaña a Almanzor y al detenido, que se revuelve en el interior del vehículo, para ingresarlo en prisión preventiva y ponerlo a disposición judicial. Mientras tanto, el resto de policías se llevan a Adriana, Lidia y Fran. En la intimidad, Roberto le cuenta a Adriana lo que han averiguado y le transmite sus sospechas.

—Tenemos evidencia de que actuó bajo coerción.

—Pero, ¿por parte de quién?

—Quizá no lo creas, pero fue Daniela. Lamento decirte que se acostó con tu marido y lo extorsionó para que la matara. No sé si la amenaza podrá ser un atenuante. Nosotros no ponemos las condenas.

Por más que Roberto hace gala de su empatía, Adriana ya ha desconectado de los detalles. Es ahora cuando no sabe quién es. Toda su vida le parece una mentira o un mal sueño del que desea despertar. El presente le cercena el cuello y le resulta imposible no hundirse en el fango del pasado.

Se esconde bajo las sábanas a plena luz del día. Cuando extiende las piernas, tiene la sensación de que la envuelve una música como la del circo que había junto a la casa de Malory. Presencia cómo su cuerpo cae por un precipicio. La melodía cansina se acaba transformando en ruido blanco y después en la banda sonora de una película de terror.

Aparece un hombre con unos guantes negros, de esos para la nieve, que le da a Malory un daiquiri con los hielos escarchados. Ella está dentro del *jacuzzi* y muestra perplejidad, pero acepta el ofrecimiento. Empieza a beber, se atraganta con un hielo y su cuerpo se hunde. El agua se tiñe de rojo; la espuma se activa y produce un susurro placentero, similar al del mar.

A la derecha percibe, erguida, otra figura femenina, pero las manos y la cara son de cera y se derriten. Tras ellas hace lo mismo el abdomen. La plasta que se forma se queda adherida al suelo. Al volver en sí, piensa que quizá se haya vuelto loca, o bien lo suficientemente cuerda como para salir de la estúpida inocencia en la que lleva sumida desde que nació.

XIX

CUANDO TERMINA DE realizar las gestiones con el banco, Eileen vuelve a su casa y lee una vez más, con gran satisfacción, las palabras del testamento, que ya casi conoce de memoria:

Yo, Amy Ferguson Markey, instituyo herederos por partes iguales a mi hermana Deidre Ferguson Markey, y a sus hijas Malory O'Dálaigh Ferguson y Eileen O'Dálaigh Ferguson, sustituida vulgarmente la primera por su cónyuge, Ryan Mulloy Sheedy, y sustituidas vulgarmente las dos últimas por sus respectivos cónyuges, los señores Brendan Sewan O'Domhnaill y Héctor Mendoza Martínez

Sus ojos se nublan. Es su primer paseo en barco con su Héctor. Ella está de vacaciones en España con su familia. Pasa la tarde con ese chico tan bronceado y guapo. Intercambian teléfonos. Hablan por internet durante horas. Ella regresa a Valencia. Celebran su boda y eligen para su luna de miel Venecia y Croacia. Sinead, tres kilos al nacer. Eileen escucha en las noticias que Héctor acaba de estrellarse contra las rocas. Se desmaya.

Aparentemente, como su tía no está al tanto de los cambios, no ha realizado ninguna modificación en cuanto a la herencia. Ya no tendrá que contentarse con trabajar como limpiadora en un gimnasio a tiempo parcial y complementarlo con la tarea de abrir la puerta a todos esos pervertidos.

En el armario guarda el hermoso vestido de seda que las monjas de la parroquia regalaron a Malory, y que ahora le pertenece. Aún no se lo ha probado desde que Brendan le dejó encargado a Gerard que le diera la ropa de su parte.

Su imagen en el espejo le choca, ya que se ve más alta y delgada de lo normal. A pesar de superar a su hermana en estatura, sale desfavorecida en la comparación física con Malory a los veintitrés años, en el día de su graduación. Ella nunca se lo volvió a poner, así que Eileen siente que ha pasado una eternidad. Recuerda con tristeza esa fiesta y la cena con su hermana y sus padres.

La doble pérdida que ha sufrido le hace replantearse si será feliz quedándose en España o no. "Me mudaré a un chalet, aunque sea en esta misma zona. 300.000 euros me harán buen apaño. Haré una fiesta, invitaré a la gente del barrio y me pondré el vestido para que todo el mundo lo vea", se dice a sí misma con gran satisfacción.

Una tarde a solas con Malory en Dublín. Su madre se encuentra en el supermercado y su padre de viaje en Ginebra para un congreso de biología. Eileen tiene doce años cuando Malory, cerca de los nueve, se corta el pelo con unas tijeras y, nada más terminar su travesura, se apresura a confesárselo. Se lleva una buena bronca, aunque el asunto se arregla en cuanto van a la peluquería de su tía. Malory toca el piano para una exhibición del colegio y recibe un largo aplauso. La pequeña llega a los trece; hablan sobre los chicos con los que coquetean y Eileen le da consejos.

Suena el timbre. Como esperaba, Brendan vuelve con Sinead en el coche sobre las doce de la mañana. Es lunes y la muchacha no empieza el instituto hasta el miércoles, así que viene de disfrutar de unas vacaciones sin viaje con su tío, a quien esta semana le corresponde el turno de tarde en la empresa.

—¡Hola! ¿Qué tal lo habéis pasado?—dice Eileen tras el umbral la puerta.

—¿No te has enterado de esto?—replica Brendan, mostrándole a su cuñada el periódico.

"Detienen a un hombre por envenenar y matar a una mujer colombiana en Oropesa", reza el titular. Eileen lee todo el artículo con detenimiento y estruja el papel entre sus dedos.

—¿Juan? ¿Cómo es posible? ¡Hijo de la gran puta! ¡Para que veas, y Malory juntándose con esa basura! —grita cuando termina de procesar la noticia.

Varias lágrimas ruedan por las mejillas de Sinead.

—Mamá, ¿tú crees que ha sido él el que ha matado a la tía?

—Espero que no, porque entonces como me lo eche a la cara va a salir despellejado el desalmado ese.

Brendan le toca el hombro con el dedo.

—Mira, el chaval con el que vivo es educador social. Nos hemos informado de en qué centro de menores está Edith, la hija de Daniela. Como ha aprobado la oposición, le ha tocado ahí por cercanía. Le he suplicado que esté pendiente y que presione para que le saquen información a la niña. También he llamado a Adriana, pero está destrozada y aún no acepta lo que ha hecho su marido—dice Brendan.

Eileen no le presta atención, porque sigue ofuscada y solo es capaz de expresar cólera.

—Todos esos cerdos son unos asesinos, peleantes y

drogadictos. Si me hubiera hecho caso a mí, no la habrían destruido entre todos.

Brendan intuye cierto rencor dirigido a él mismo implícito en las palabras de su cuñada, pero esta hace una pausa e intenta calmar los ánimos.

—¿Queréis tomar algo?

La mujer vuelve con una bandeja de embutido y dos botellas grandes de refresco. Mientras Eileen continúa comunicando sus ideas de venganza, Brendan reflexiona sobre cómo averiguar la identidad del asesino, un reto que amenaza con menoscabar su salud desde hace semanas. Prefiere salir de allí pitando a convertirse en el blanco de las críticas. "Adriana era la mejor amiga de su mujer, pero la culpa de que Juan sea un asesino solo la tiene él mismo", piensa, aunque no se atreve a expresarlo en voz alta.

—Bueno, me tengo que ir, chicas—se despide, abrazando y dando dos besos a cada una.

Se apresura para tener tiempo de comer y prepararse para la jornada laboral. Mientras tanto, Manuel acude nervioso al centro, en su primer día como educador interino por baja maternal. El director, José Ramón, un hombre corpulento de aproximadamente cincuenta años, moreno y peinado con la raya un lado le explica el funcionamiento de la residencia, los protocolos que se siguen y las tareas de evaluación, intervención y realización de informes.

Entre los expedientes que lee hay casos de violencia de género y maltrato infantil, abuso de drogas por parte de los padres, enfermedades graves, negligencia educativa, falta de escolarización y carencia de recursos; en definitiva, ausencia de un hogar familiar adecuado en el que crecer.

José Ramón le presenta a Alicia, la trabajadora social, a Gloria y a Alberto, educadores, a Luis, el profesor de apoyo, y a María, que está en otra sección con los bebés que van llegando; finalmente, llegan los chicos a los que va a tener que ayudar: Nora, Edith, David y Santi. Los cuatro adolescentes, entre los trece y los quince, acogen bastante bien la llegada de una persona joven para responsabilizarse de ellos.

Por fin va a tener la oportunidad de ayudar a esos muchachos, hasta que haya otra solución o, al cumplir la mayoría de edad, puedan ir a pisos tutelados, buscar unos estudios, una profesión, incluso el amor. Salvo en lo último, Manuel se considera afortunado. Sin embargo, sus compañeros de clase, con los que aún tiene amistad, le insisten en que aún tiene tiempo para conocer a una persona adecuada.

Una de las primeras tardes vienen el fiscal de menores y un policía. Manuel acomoda a Edith y después se sitúa al fondo en una silla, fuera del campo visual inmediato. Tras un par de preguntas abiertas por parte del policía acerca de su tiempo libre y las amistades que ha hecho en el centro, el fiscal interviene:

—Edith, soy David, fiscal de menores, y él es Jaime, policía. ¿Sabes lo que hace un fiscal?—pregunta, a lo que la chica niega con la cabeza.

—Nuestra labor es hablar con vosotros sobre las

cosas que os han pasado. Esta entrevista va a ser grabada en vídeo. Lo necesitamos para aclarar algunos asuntos sobre tus padres y sobre ti, ¿estás de acuerdo?

—No sé qué quieren saber—replica Edith, agitada.

—Bueno, nosotros vamos a hacerte unas preguntas, pero queremos que no te limites a responderlas y nos cuentes todo lo que recuerdes, lo que no, lo que te preocupa. Estamos aquí para ayudarte—interviene el policía.

Edith busca a Manuel con la mirada, pero ya se ha marchado sigilosamente. Seguirá más adelante la entrevista grabada.

—¿Puedes decirnos lo que hiciste ayer?

—¿Lo que hice ayer?

—Sí, danos los detalles que puedas.

—Vale. Me levanté a las siete y media, fui al instituto y tuve clase de mate, física, lengua e inglés. Luego volví a casa con el educador y con mi compañera Nora en el carro. Comimos macarrones. Por la tarde...jugamos al balón prisionero y luego me fui a apoyo, como siempre. Estuve un rato escuchando música y... ya se hizo tarde. Cenamos tortilla de patatas, vi una película de Eddy Murphy y...nada, me fui a dormir—concluye.

Los expertos sugieren el tema de las vacaciones. Edith recuerda haber pasado mucho tiempo en la piscina y en casa de unas amigas ensayando pasos de baile, sin salir de Oropesa.

—Muy bien. Ahora queremos que nos cuentes de qué has venido a hablarnos hoy—determina el fiscal.

Duda un poco antes de lanzarse, pero, con la valentía que la caracteriza, inspira profundamente y hace de tripas corazón:

—Yo…vivía con mi madre y Anthony. Él era muy malo y muchas veces le gritaba. Yo no me llevaba bien con él, pero intentaba mantenerme al margen. Quería saber dónde se metía mi madre, qué hacía, si venía de trabajar, aunque él llegara horas después; le ponía pegas a la ropa que llevaba, le decía que parecía una guarra. Sospechaba también si se cambiaba y se quedaba en pijama. Algunas veces le pegaba en la cabeza, la quemaba con un cigarro. Cuando él no estaba, yo le pedía a mi madre que nos fuéramos—se para, con voz entrecortada—pero ella no quería. Yo iba a denunciarlo, pero me rogó que no lo hiciera. Decía que sería peor y que se pondría furioso. Él trabajaba como conductor… Se pasaba las horas muertas fuera de casa. Volvía cuando le daba la gana. Cualquier amago de preguntarle dónde se había parado hacía que se pusiera violento. Se ponía a la defensiva, era horrible. A veces venía con joyas y con eso era…como que intentaba comprarla. No sabíamos de dónde sacaba tanto dinero. Era mejor no preguntarle. A veces se tiraba horas ignorándola y sin hablar, días incluso, para que ella se sintiera mal y cediera en algo. En hacer lo que él quería. Si yo intentaba que entrara en razón, me mandaba a mi cuarto. Un día ya no pude más. Estaban en el salón. Gritaban, no sé de qué hablaban. Yo oí…oí que se movían y me acerqué. La tenía enganchada del cuello. Me puse en medio y le agarré de los hombros. Le supliqué que la dejara. Él me gritó que me callara y me dijo que era una zorra. Yo no le contesté, pero…—

rompe a llorar.

—Venga, lo estás haciendo muy bien—dice el fiscal con voz suave—.¿Puedes decirnos cuándo fue eso?

Edith se recompone y responde:

—No lo sé, hace unos meses. Los días eran interminables.

—Vale, ahora queremos que nos cuentes qué ocurrió el día que murió Anthony.

—Yo...estaba sola en casa con él. Me dijo que "me iba a reventar" si volvía a entrometerme. A mi madre... bueno, alguna vez más le pegó golpes en los brazos y las piernas. Ella me lo negaba, pero tenía moratones. Aquel día quiso humillarme. Me dijo que me bajara los pantalones y...¡empezó a tocarse!—gimotea, llevándose las manos a la cara.

—¿Qué ocurrió entonces?—insiste el fiscal.

Edith toma aire, se arma de valor y prosigue, esta vez sin titubear.

—Mi madre entró, le cogió por los hombros. Le dijo que era un cerdo, que si no le daba vergüenza. Anthony se dio la vuelta y le pegó un puñetazo. La tiró al suelo. Yo vi a mi madre sangrar, cogí una máquina de coser que había en la mesa y se la estampé en la cabeza. ¡No quería matarlo! ¡Yo no quería!—exclama entre sollozos.

—Un momento, pero eso no es lo que ha declarado tu madre—se sorprende el policía.

—No, pero lo hizo por mí, para cubrirme. A mí no me importa que me llevéis a otro centro. A uno de reforma. Yo tengo que pagar por lo que he hecho.

—Edith, estamos convencidos de que se trata de algo involuntario. Hablaremos contigo y buscaremos siempre lo mejor para ti—continúa el agente.

—Ahora necesitamos que nos hables de Malory, la amiga de tu madre que murió este verano. ¿Tú la conocías?—reconduce el fiscal.

—Yo solo sabía que Sinead era su sobrina. Me sonaba de vista, pero era popular en el barrio. Les gustaba a todos los chicos mayores, no sabría decir. A Malory la vi alguna vez que quedó mi madre con ella y me invitó a la feria, a los autos locos. Parecía muy simpática—señala Edith.

—¿Tú crees que Anthony pudo matarla?—continúa el fiscal extendiendo las manos sobre la mesa.

—Eh…no estoy segura, porque nunca hablaban de ella. Anthony llamó a alguien el día antes. Yo no capté toda la conversación, pero oí que dijo "tienes que hacerlo mañana como hemos acordado. Si no lo haces te arrepentirás".

—Esta información es muy útil. ¿Tienes alguna sospecha de con quién pudo hablar?—pregunta el policía.

—No, ni idea. Anthony iba con mala gente, puede que vendiera droga…Realmente, es todo lo que sé.

—Muchas gracias, Edith—responden ambos expertos al unísono.

XX

MANUEL ABRE LA puerta del apartamento y se dispone a contarle a Brendan todo lo que ha averiguado, pero este se adelanta.

—Manuel, eso que hay en la entrada es para ti, lo han dejado en el buzón—le dice con rostro serio. Al irlandés le falta una semana para cobrar, así que no tiene un buen día. La carta es del juzgado de Oropesa, lo cual le deja a Manuel totalmente descolocado. El chico la abre y comienza a leerla en silencio. Los dos permanecen de pie.

—¿Se puede saber qué es y qué pintas tú en Oropesa?—se impacienta Brendan.

—Trabajé hace mucho de socorrista allí—contesta Manuel, sin alterarse.

—¿Y cuándo pelotas pensabas decírmelo?

—¿Por qué? Estuve en la piscina y como animador sociocultural en fiestas. He sido monitor también, en muchas ciudades de España.

—¿Y tú eres el que va a ayudarme? ¿Qué escondes?— se enfurece Brendan. Avanza lentamente hacia él.

—Tranquilízate, Brendan. Escucha, han pillado a Gerard con dinero sucio y quieren que vaya a declarar como testigo. Dice que consultarán a los trabajadores que ha tenido, eso es todo.

—Así que conoces a Gerard...—dice Brendan acercándose aún más.

—Claro, es el dueño de la inmobiliaria. Oye, te prometo que yo no tengo nada que ver; solo quiero ayudarte. ¿Te das cuenta de que he pedido que me destinen al centro de acogida para eso?

Después de un buen rato, Manuel consigue que Brendan se tranquilice.

—¿Y qué es lo que has descubierto, si puede saberse?

—Edith...hoy he visto el video de su declaración. Dice que fue ella quien mató a Anthony, sin querer, tratando de defender a su madre. Al parecer, les pegaba a las dos y trató de abusar de la hija.

Brendan le hace una mueca entre recelosa y conmovida.

—Qué fuerte...se veía que ese tío escondía algo.

—A ver, lo más importante...Anthony coaccionó por teléfono a alguien el día antes de que tu mujer muriera. No sabemos para qué.

—¿Quién? ¡No me jodas!

—Edith no llegó a distinguirlo. Solo lo oyó decir "Si no lo haces habrá problemas". Tengo la entrevista guardada. Es confidencial, no puedo difundirla, pero si me juras que...

—Corta el rollo. Tenemos que averiguar quién está detrás de todo esto, a quién amenazó, si estaba solo, y si Gerard...

—¿Has oído eso? ¿Qué pasa?

Un golpe seco ha sonado en el cuartillo de la terraza. Brendan camina despacio por el salón hasta llegar a la mampara. Tira del pomo muy lentamente, corre el cristal y examina el terreno a su alrededor.

—¿Qué pasa?—repite Manuel desde atrás.

—Nada, hay muchos trastos aquí. Se ha debido de mover algo.

—¡¿Qué es eso!?—exclama Manuel.

—¡Ahh!—grita Brendan.

En el cuartillo, junto a la lavadora, han colocado una muñeca hinchable a tamaño real. Brendan no da crédito a la aparición de la escalofriante y grotesca figura. En su enorme boca abierta con forma de anillo está incrustado un cubito de hielo de plástico. La confección de la lengua y la garganta revela conocimientos de anatomía humana. El autor ha pintado con aerosol una mancha de sangre sobre su vientre, detalle que, añadido a los ojos verdes de esa máquina de dar placer, inertes y orientados al infinito, le hiela los huesos.

Corre hacia atrás, choca con Manuel y cae de culo al suelo, tirando una silla de plástico y empujando hacia atrás una bolsa llena de libros de historia, los que Malory solía leer. ¿Se trata de la misma persona o, por el contrario, de un gracioso sin suficiente motivación ni agallas para cometer un crimen? ¿O quizá solo de un bromista, o de un grupo de chavales que han hecho una apuesta? ¿Está avisando de un inminente nuevo ataque?

Antes de que pueda reaccionar, una mano enguantada le agarra el pie con fuerza. El hombre va encapuchado, vestido completamente de negro. En la otra mano porta una navaja con la que consigue pincharle por debajo de la rodilla derecha. Brendan emite un alarido de dolor y le pega una patada con la pierna izquierda. Logra tirarle el arma, pero el atacante ya se ha enganchado a los barrotes de la terraza. Manuel está terminando de levantarse del suelo, pero el delincuente se abalanza sobre él y lo mantiene inmovilizado boca arriba. Le asesta repetidos puñetazos en la cara de arriba a abajo, hasta que el suelo se llena de sangre. Brendan corre a socorrerle y golpea al hombre en el ojo con la escoba. Después le patea el costado, lo tira al suelo y aprovecha para quitarle el guante derecho. Toca su mano de forma que las huellas queden impregnadas, pero cuando se dispone a quitarle el pasamontañas el hombre vuelve a pegarle un puñetazo en la cara y finalmente salta por la terraza desde el primero antes de desaparecer por un camino lleno de barro. Manuel permanece en el suelo aturdido hasta que Brendan le limpia la sangre, le ayuda a incorporarse y le da un vaso de agua.

Roberto y Rosa acuden a la llamada de los inquilinos y tratan de buscar los escasos restos.

—Disponemos de algunas pistas, pero debemos recabar más información para dar con su identidad —dice Rosa.

 —¿Dónde puede haber sido comprada la pintura?— pregunta Roberto.

Brendan y Manuel aguardan mientras Rosa busca en la base de datos de su *tablet*. —La lista de tiendas es tan larga que determinarlo es una idea aún más descabellada que el propio hecho investigado— manifiesta atusándose el pelo.

—Seguramente sea la misma pintura que la del coche patrulla—explica Roberto.

Brendan menciona a Anthony como sospechoso de aquel acto de vandalismo y Manuel habla sobre el testimonio de Edith. Roberto toma nota de todos los detalles.

—Lo apunto, aunque pronto me pasarán el vídeo— dice finalmente.

Rosa y Roberto vuelven a Oropesa. Conduce él, sin sobrepasar la velocidad estrictamente permitida, casi todo el camino en silencio, hablando solo de cosas triviales. Cuando estacionan en la gasolinera más cercana a la comisaría, las farolas ya se han encendido. Roberto se para a llenar el depósito y reanuda la marcha.

—¿Qué te pasa?—dice Rosa al ver su cara de preocupación.

—Nada, es que me sobrepasa todo esto. Estamos atascados en este caso y...

—Roberto, hemos tenido nuestros más y nuestros menos, pero quiero que sepas que voy a hacer todo lo que de mí dependa para que resolvamos el caso.

—Rosa, no sé si Isabel te habrá echado la bronca...no te lo tomes a mal, pero no das pie con bola. ¿Va todo bien?

—¿Por qué lo dices?

Roberto frunce el ceño y la observa con detenimiento.

—¿Cómo que por qué? No nos pasaste todas las llamadas de Alex, el vídeo que Daniela tenía lo tuvimos que buscar nosotros porque no teníamos noticias tuyas...¿Sigo?

—Lo siento, Roberto. Sé que he cometido errores. Llegué tarde. Me encuentro muy sola últimamente. Tengo un montón de problemas familiares, duermo mal...

—Por favor, no me pongas excusas. ¿No has encontrado más huellas en el lugar del crimen?

—Fregaron todo, no hemos sido capaces de ver nada más. Debemos descartar a todos, los de la empresa Gris, Gerard y sus subordinados, el socorrista, los amigos de la víctima...Lo resolveremos, te lo prometo.

Roberto se queda mirando su rostro afligido. Se para en sus expresivos ojos negros; ella lo sigue con la mirada y le besa suavemente los labios.

Otra noche, junto al balneario del pueblo, ahora cerrado. Las parejas pasean por el bulevar escuchando a los animadores turísticos dar publicidad a los viandantes. Restaurantes y atracciones para toda la familia: el parque de agua, las actuaciones en el tablao flamenco, las pistas deportivas. Al fondo de la avenida, unos niños tararean canciones y agitan globos con sus manos al ritmo que marcan dos joviales payasos.

Sin deliberar mucho, Rosa y Roberto eligen la terraza con más sitio, siguiendo el reclamo de los cócteles especiales que ofrecen. El lugar es acogedor; la música tranquila, instrumental. Aunque hay algunas personas sentadas, el ambiente permite hablar sin tener que elevar mucho la voz. Roberto nota el agradable perfume de su acompañante.

—Te quedan muy bien la blusa y los pendientes.

—Gracias.

El camarero les toma nota y a los cinco minutos trae una margarita para él y el clásico mojito para ella. La conversación pasa de temas intrascendentes a su situación sentimental, aspecto en el que Rosa toma la iniciativa.

—No tengo pareja desde hace un año, estoy bien así. ¿Qué hay de ti?

—Yo soy insoportable. Nadie me aguanta.

Rosa lo mira con una sonrisa pícara y él le sigue el juego. De repente, Roberto le susurra algo al oído. En dirección oblicua observan a otra pareja en una de las mesas: Lidia y Fran. Ella va con un vestido azul, bastante maquillada, y él con una camisa blanca, pantalones Dockers y zapatos negros.

Los dos policías, que antes estaban muy acaramelados, muestran ahora expresiones serias; escudriñan a los jóvenes de manera inadvertida. Pasados cinco minutos, Lidia y Fran piden la cuenta y se marchan.

Rosa y Roberto terminan de tomarse las copas y se acercan al jardín mágico, cuya puerta, decorada con motivos de dragones en relieve, ha quedado entornada. Los turistas recorren el parque y se hacen fotos bajo la luna. Las farolas, dignas de un cuento de hadas, lucen verdes y azules, junto a los árboles unidos a bancos de piedra, algunos de los cuales son reales y otros esculturas con ojos y boca que en ocasiones parecen moverse. Los adolescentes sentados allí comparten cigarrillos, risas y confidencias. En el centro destaca una fuente de inspiración romana, delante de una pared de cerámica con el patrón de un mosaico formado por flores y figuras geométricas.

Desde un banco de madera, divisan de nuevo a Lidia y a Fran. Aparece un hombre con la cabeza rapada, facciones anchas y brazos largos. Probablemente sea ruso o ucraniano. Vigila a un lado y a otro y le da a Lidia algo que ella esconde rápidamente en el escote.

—Mira, están pillando coca—dice Roberto.

—Relájate, no estás de servicio—contesta Rosa.

—Pero, ¿no te das cuenta de que ese tío puede estar implicado?

Los agentes caminan a paso ligero, pero cuando

llegan al final del parque, Lidia y Fran ya se han ido.

—¿Quieres que vayamos a mi casa? —propone Roberto.

—Tú qué crees?

Ya en la cama, Rosa se acerca gateando hacia él. Entrelazan sus lenguas con suavidad, saboreando recíprocamente la humedad en los labios. Roberto la agarra por la cintura, baja una mano hacia sus nalgas y le acaricia la entrepierna con la otra. Ella desliza su torso caliente por el de él, dejándose caer en sus brazos. Con la respiración entrecortada, Roberto recorre con la boca su cuello y sus pechos hasta que la oye también jadear. Rosa se arquea hacia atrás y él baja la cara por su vientre. Después le coloca las piernas sobre sus hombros y comienza a balancearse hacia adelante y hacia atrás. Terminan abrazados, mirándose de frente, atrapados en una sensación de éxtasis.

XXI

ALMANZOR APURA UN café negro mientras teclea un resumen del testimonio de Gerard.

—Vuélvame a contar todo para contrastarlo con el informe que nos han facilitado en la UDEF, los de delitos económicos. Entonces, ha gestionado este prostíbulo durante seis meses, y en todo ese tiempo jamás ha visto una pelea.

—Así es, seis, casi siete. Nunca hubo ningún conflicto.

—¿Declaró usted parte del dinero haciendo pasar a las chicas como empleadas de un centro de masajes?

—Exacto, en realidad eso es lo que yo las autorizo a hacer.

—Pues a partir de ahora va a tener que pensar en otro chanchullo, si es que no le meto en chirona. Está de broma, ¿verdad? No me irá a decir que todos esos anuncios que publicó en internet tenían que ver con la salud, ¿no?

—Inspector, yo solo me encargué de abrir el centro y dar de alta a las empleadas. Me llevaba una pequeña comisión, porque la encargada tenía a su cargo a las chicas y había que pagar los salarios.

Gerard se da cuenta de que está acorralado y ha dejado de hablar en presente.

—Sin embargo, tenemos pruebas de que no cuadran las cantidades. Gran parte se cobraba en B. Hace años también se encargó de aquel otro tugurio, la discoteca Palm Trees, y algunas de esas mujeres no estaban dadas de alta.

El promotor, finalmente, asiente sin rechistar.

—¿Y quién las obligaba? ¿Cuántos matones tenía usted?—Almanzor curva los labios y le dedica una sonrisa sarcástica.

—Se está confundiendo, inspector. Nadie las forzó jamás. Teníamos licencia de discoteca y hostal y, en cuanto a los vigilantes, hacían su trabajo. Yo traspasé ese local.

—Claro, por desacuerdos con Vladimir, ¿no? Vamos, hombre, algunas eran esclavas que pagaban una deuda. Usted se desvinculó justo cuando murió esta chica.

Almanzor le sacude el brazo con fuerza y le muestra la foto de Lisa. Gerard la reconoce al instante.

—Sí, fue un cliente, pero no ocurrió dentro de las instalaciones—se excusa.

—Claro, ¿y sabe por qué? Porque Daniela, una de sus trabajadoras, mandó al marido de Adriana matarla para cobrar un seguro. Todos son amigos de Malory. ¿No cree que a usted le rodean demasiadas muertes?

—No sé de qué me está hablando, señor.

El inspector ignora su respuesta y continúa.

—Su esposa coge las llamadas de la casa que llevan ahora. Lo sabemos todo, Gerard.

Gerard vuelve a decir que sí con la cabeza.

—¿Quién es la encargada?

—¿Qué importa eso?

Almanzor adopta un tono irónico.

—Bueno, tenemos fotos de Eileen, la hermana de

una mujer que apareció muerta en un *jacuzzi* de sus instalaciones, escandalizando a decenas de residentes y turistas y rompiendo el corazón de su marido, su familia y sus amigos. ¡Le abre la puerta a todos esos hombres!

Gerard agacha la cabeza.

—Se marchó hace tres días.

El inspector da un manotazo en la mesa y eleva la voz.

—¿Y a quién tiene a cargo ahora? Fue ella quien se encontraba allí en el momento en que dos clientes se pelearon. Trató de pararlos y un vecino llamó aquí a comisaría. Se escaparon corriendo.

—-No tengo ni idea de ese tema. Eileen eligió a una nueva, yo le di permiso...Esta actividad no es ilegal. No pueden condenarme. Oiga, si cree que yo le he hecho algo malo a esas mujeres se equivoca.

Almanzor suelta una breve carcajada de repente.

—No tiene usted mucha pinta de ir por ahí con un rifle, ciertamente; pero, eso sí, le gusta el dinero más que a un tonto un lápiz. Bueno, ¿qué me puede decir de Johana Vélez Arango?

Almanzor muestra una foto de la hermana de Daniela, a lo que Gerard responde con un temblor de barbilla.

—Samanta para los amigos—insiste el policía.

En ese momento, Roberto abre la puerta del despacho. Almanzor le hace un gesto con la mano para que se detenga y no hable; acto seguido, le indica que ya puede pasar.

—De acuerdo, la contraté yo para sustituir a Eileen.

Almanzor le palmea suavemente el pecho.

—Así que encima es usted un mentiroso...¿Colaboró usted en su falsificación de documentos? Samanta no tenía trabajo ni papeles; se dejó los apellidos reales y se cambió el nombre. Es probable que planearan alguna trampa: se inventan hermanas para cometer estafas. Resulta que usted ha vendido un piso y ha explotado a una mujer en situación irregular. Daniela ya se disfrazó hace tres años con una peluca, lentillas y piel falsa, forzó a un hombre a cometer un asesinato y después se llevó el dinero por la supuesta muerte de esa mujer inexistente, sirviéndose de un carnet de identidad y un certificado de defunción que alguien le fabricó.

El francés se derrumba y empieza a hablar entre lágrimas.

—Yo no he sido, se lo juro. No sé qué pasa, este lugar está maldito. Hace...hace muchos años que inauguramos el complejo. Vendemos pisos y alquilamos apartamentos turísticos...en esta y otras zonas. Ojalá, ojalá este año pudiera borrarse del calendario, pero yo, yo no puedo hacerme responsable de que entre los vecinos haya ladrones ni asesinos.

—Vamos a llamar como testigos a todos los empleados que ha tenido en los últimos años: socorristas, personal de limpieza y recepción. Se enfrenta a un delito de blanqueo de capitales. La pena oscila entre seis meses y seis años, más multa del tanto al triplo del valor de los bienes. Inhabilitación especial para el ejercicio de su profesión por tiempo de uno a tres años. Si tiene suerte, le cerrarán el chiringuito y tendrá que dedicarse a otro asunto hasta nuevo aviso. Por supuesto, le añadiremos otra multa por proxenetismo. Pero si nos enteramos de que ha estado encubriendo un crimen o tiene algo que ver con él...

—Por Dios, inspector.

Gerard hace amago de santiguarse.

—¿A quién conoce para hacer todas esas operaciones? ¿Al alcalde, a algún político?

Almanzor se inclina hacia atrás en el asiento y cruza los brazos.

—¿Dónde quiere ir a parar? El alcalde, sí, tengo tratos con él, pero no hay ninguna trampa. Todo fue construido siguiendo sus instrucciones y con las partidas de gasto que me indicaron en el ayuntamiento.

—Gerard, creo que no vamos a llegar a nada hoy. Si no quiere cantar, ya le dirá lo que sepa a los jueces. Cualquier información que llegue a su conocimiento, por pequeña que sea, tiene el deber de transmitírnosla.

—De acuerdo, eso haré, lo prometo—se despide Gerard con voz ligeramente infantil.

Durante el interrogatorio, Roberto ha atendido simultáneamente a lo que se decía y a los documentos del escritorio.

—Jose, están analizando las huellas. Habían dejado una jodida muñeca hinchable en el cuartillo de la casa de Brendan. Apareció un encapuchado por la terraza con una navaja.

Almanzor asimila la rocambolesca historia mientras observa al oficial. Agradece que aún quede alguien, aparte de su mujer, que le siga llamando por su nombre de pila.

—No pude hablarte más claro porque ibas con Rosa. Lo que te intentaba decir era que te alejaras de ella.

—Pero, ¿por qué?—dice Roberto, contrariado.

—¿Qué te pasa? ¿No ves que Rosa es quien ha falsificado todos esos DNI?

—Pero no tenemos pruebas de eso, Jose.

El inspector le sostiene la mirada. Advierte un brillo especial en los ojos de su compañero.

—A ti lo que te pasa es que te gusta, ¿eh, cabrón?

Roberto se sonroja y mira hacia el suelo.

—¿Por qué me dices eso?

—Buenoo... Si ya lo sabía yo... A ver, voy a llamar a Isabel ahora mismo. He rastreado la fecha y el equipo de expedición. El programa me ha dado esos datos y sabemos que fue ella. Se lo ha hecho a más gente, independientemente de este caso. No pregunta para qué lo quieren, solo cobra por el trabajo. Le pasa lo mismo que a Gerard: mientras todo quede en el plano económico, suspensión de empleo y sueldo, sanción y a volar. Lo malo es que los documentos que falsifica no van a parar a la mejor clase de gente que digamos.

—¿Cómo lo has sabido?—pregunta Roberto, perplejo.

Almanzor tuerce el gesto antes de contestar.

—¿Sabido el qué? Ya te conozco. Mira, haz lo que te

dé la gana, Roberto, pero no se puede consentir. La vamos a apartar del caso—sentencia dándole una de sus palmaditas en el hombro.

—Vete a la mierda, Jose—responde Roberto, y ambos ríen a mandíbula batiente.

XXII

ALMANZOR HA PUESTO al tanto a Isabel. Las pruebas de que Rosa ha falsificado documentación son concluyentes, pero necesita recibir la información que ella pueda aportarle. La jefa le pasa, por última vez, con la especialista.

—Inspector Almanzor, siento mucho…

—Rosa, tenemos prisa. ¿De quién son las huellas del hombre que saltó por la terraza?

—El láser me indica que son del hermano de Anthony, Ángel David Heredia—pronuncia cada palabra de forma pausada—. Tiene antecedentes por tráfico de drogas. A muy pequeña escala, un simple camello de barrio. Actúa con una banda de rusos que ya estuvieron condenados por robo y proxenetismo. Lo han detenido y dice que lo hizo como venganza.

—Entiendo.

—Perdonad por el mal que he causado. Me ahogaban las facturas. Nunca debí aceptar aquel dinero. Me van a inhabilitar, pero juro que os he dado toda la información que tenía.

—No respetas la ley porque te atrae la tentación de saltártela, o eso espero. Si descubrimos que escondes algo más, haré que lo pagues caro.

—Lo prometo, ya lo he dicho todo.

Almanzor cuelga sin añadir nada, mira el reloj de la pared y se dirige a Roberto.

—Venga, macho, tenemos que irnos.

Brendan aparca en la puerta de los juzgados. Manuel se apea del vehículo, nervioso porque es la primera vez que se enfrenta a una situación así, aunque sea como testigo. El vigilante, un hombre canoso que lleva gorra, camisa amarilla y pantalón negro, le sonríe y le pide que espere.

—¿Todas esas fotos de la pared son de desaparecidos? —pregunta Manuel.

—Exacto, joven. Muchos no son encontrados, pero siempre permanecen en la memoria. Ya puede pasar.

Por un instante, Manuel recuerda la bondad y el cariño que no recibió de sus padres, lo que acabó motivando que quisiera ayudar a otros. La simpatía del hombre se diluye por la tensión de entrar en la sala. Observa algunas caras conocidas: el policía que vino a su casa, el inspector que lo acompaña, Gerard y un hombre con bigote. A la derecha del todo están sentados unos jóvenes que no reconoce. Uno de ellos, a quien llaman Alex, responde a preguntas del fiscal sobre su trabajo que el cerebro de Manuel no alcanza a procesar, pues se siente como quien está a punto de tirarse en paracaídas.

—Manuel Jiménez Artero.

Nota su corazón palpitar sin razón aparente. Aunque no tiene nada que temer, su amistad con Brendan hace que desee llegar al fondo del asunto. Tal vez el homicida se encuentre allí, entre esas cuatro paredes, escudándose en el formalismo del procedimiento judicial.

—Usted trabajó en Promociones Helio entre mayo y agosto de 2015, ¿es correcto?

—Sí.

—¿Disfrutó usted de contrato laboral?

—Exacto, fui socorrista y animador a jornada

completa, 40 horas semanales.

—¿Cuál era su salario en la empresa?

Manuel saca de la carpeta los documentos originales y las fotocopias, que ha traído junto con la citación judicial.

—Era de 840 euros al mes, neto. ¿Quiere que le dé la nómina?

—Espere al final del procedimiento.

El fiscal, conocido por su dureza entre sus colegas de profesión, mantiene su actitud inquisitiva.

—¿Por qué abandonó usted la empresa?

—Se me acabó el contrato.

—¿Y no trabajó como animador durante al año? Los visitantes de la tercera edad sostienen el complejo en temporada baja. ¿Existe alguna razón por la que la empresa se negara a contar con usted?

Manuel se encoge de hombros.

—No lo creo.

—Tenemos constancia de que peleó con un joven cerca de la entrada del bloque de apartamentos, por lo que la compañía decidió prescindir de sus servicios. ¿De quién se trataba?

En ese momento, Gerard y Alex lo miran de reojo.

—Eso no creo que sea importante. ¿Quién se lo ha dicho?

—No estamos aquí para responder a sus preguntas. Limítese a contestar. Se lo repito por última vez: ¿quién era el joven con quien se pegó usted?

—Un chico del barrio.

—¿Cuál es su nombre?

—No lo sé. Yo estaba saliendo con una chica, él vino y me agredió. Me dijo que era su novia y que no me acercara a ella.

—¿Y no intentó averiguar nada más?

—No, porque nunca me han gustado las peleas. La chica me había dicho que ya no tenía nada con él, pero que tuviera cuidado. Pasé un tiempo trabajando en otra empresa de animación y me marché del pueblo.

—¿Ella se llama Marta?

—Sí.

—¿Cómo se conocieron? —insiste el funcionario.

—En el barrio.

—¿Le consta que alguno de los empleados de la empresa Promociones Helio estuviese implicado en delitos como blanqueo de capitales, falsificación documental u homicidio?

—No.

—¿Le pagaba la empresa todo el dinero limpiamente, o recibió alguna compensación sin declarar?

—No, todo limpiamente —repite Manuel.

La declaración se le ha hecho eterna, pero por fin es libre. Espera no tener que volver a pisar un lugar como ese. Ignora por qué le han hecho preguntas sobre su vida privada y qué relevancia tienen para saber si el francés ha robado o matado a una mujer.

De repente, el móvil vibra en el bolsillo de su pantalón. En la pantalla aparece el nombre de

Brendan.

—Brendan, ¿dónde estás?

—¿Cómo ha ido el juicio?

—Bien, un poco tenso.

—¿Y eso?

—Por la situación. Les he dicho lo que gané y cuándo trabajé aquí.

—Bueno, pues yo estoy aquí en un bar.

—¿Dónde?

—Espera, te mando la ubicación. Está cerca de los apartamentos, pero más pegado a la autovía. No quería pasar por ahí, porque me pongo enfermo.

—Venga, hasta ahora.

Manuel camina hasta el local. Cuatro señores juegan a las cartas mientras toman el vermú. Acodado en la barra, Brendan apura el café.

—¿Te queda mucho?

Desde la cocina, el camarero asoma a través de la cortina de bambú. Manuel nota cómo clava su mirada en él y le hace una mueca de desagrado.

—Venga, venga, te espero fuera—se impacienta Manuel.

—¿Qué prisa tienes? Voy a pagar y nos vamos.

Manuel no le quita ojo al camarero, que va caminando hacia los tiradores de cerveza desde el fondo de la barra. Antes de que llegue, sale a la calle sin decir nada más.

XXIII

16 de octubre de 2018

ALFONSO ZURBARÁN, DIRECTOR del circo, se acerca el micrófono a petición del juez. Es alto y desgarbado, de mediana edad, con un bigote negro muy llamativo y el pelo a media melena.

—Al principio, en junio de 2013, el circo Smiley Face de Oropesa arrancó con un cierto apoyo del Gobierno. Contaba con 22 metros de diámetro y 12 de altura, gradas, asientos y una pista para aproximadamente cien personas, cobrando una entrada de 15 euros. Los altavoces y la iluminación fueron contratadas a Soundgail, al igual que el mantenimiento del escenario. Actualmente colaboramos con la empresa Gris. Recibí el traspaso de la carpa junto con el equipo de trabajadores por parte de Zaleski, un empresario ruso, para explotarla durante los meses de verano. En invierno, los diferentes espectáculos tienen lugar en varios puntos del país y personalmente me encargo de contratar personal para cada campaña.

Aunque los inicios fueron costosos, poco a poco fuimos consiguiendo que algunos números se hicieran muy populares. En particular, los actos aéreos acrobáticos funcionaban bastante bien, al igual que las actividades con payasos y la danza.

Parece haberse aprendido todo el discurso de carrerilla. El fiscal levanta la cabeza y se dispone a hacer una pregunta:

—¿Es cierto que usted, su mujer y su hijo solían alojarse en los apartamentos de Gerard Briand?

—Correcto—responde Alfonso.

—¿De qué conocía al señor Gerard Briand?

—Fue mi compañero en la universidad.

—¿Ha recibido usted dinero procedente de sobornos por parte del señor Briand?

—Protesto—interviene el abogado defensor.

—Protesta denegada—contesta el juez.

—No, nunca—manifiesta Alfonso.

—Prosiga.

—Ciertos espectáculos en particular nos resultaron provechosos. Con el tiempo, la rentabilidad de la compañía comenzó a descender, y la deuda que yo había contraído con el ayuntamiento de Oropesa seguía impagada. Entonces ampliamos la cobertura, abarcando toda España y coordinando nuestros primeros eventos en Francia con un socio adicional. Todo esto está en nuestra página web.

—¿Cómo explica usted la cantidad de proyectos desarrollados en ciudades como Barcelona, cuando su cuenta de resultados oficial arroja cifras mucho más baja?

Almanzor toma notas mientras Alfonso trata de justificar los números.

—¿En algún momento se vendieron drogas en su local de Oropesa?—continúa el fiscal.

—¿Cómo? No, para nada.

—Señor Zurbarán, a la policía y al personal de Instituciones Penitenciarias les consta que los presos rusos que secuestraron a Brendan Sewan destinaron dinero procedente de la venta de cocaína a su empresa. ¿Era el testaferro de la banda de Vladimir? Tendrá usted que comparecer pronto para declarar en el proceso por la muerte de Malory O'Dálaigh.

—Mienten.

—¿Insinúa usted que desean incriminarle gratuitamente?

—Sí.

Almanzor conoce el estilo de los fiscales. Preguntas coercitivas, cuya respuesta solo puede ser afirmativa o negativa, con el objetivo de acorralar al contrario. En cuanto a Gerard, se le acumulan las acusaciones y propuestas de sanción: proxenetismo, blanqueo, tráfico de influencias. Cuando llega de nuevo su turno, declara con valentía y firmeza, a pesar de lo insólito de la situación.

—Como ha dicho el señor Zurbarán, el circo recibió una subvención del ayuntamiento de Oropesa.

—¿Le puso usted en contacto con personal del ayuntamiento?

—Sí, con el que era el alcalde en aquel momento, el señor Raúl Vargas Ruiz, presente en la sala. Únicamente lo hice para que le explicara el proceso de concurso público, para presentar el proyecto del circo dentro del marco de la oferta de ocio y espectáculos del pueblo.

El alcalde declara lo mismo que Gerard. Las razones por las que el edil dimitió se reparten entre imputaciones de corrupción y especulación urbanística, además de quejas sobre ineficacia en gestión de la sanidad y la educación por parte del partido de la oposición.

Ya en su casa, Almanzor recibe la llamada de Manuel. Nada más colgar, vuelve a la sala para hablar con el juez. Todos los asistentes se han marchado. —De acuerdo, le conseguiré una orden judicial rápida si usted encuentra que esa persona resulta sospechosa de homicidio, le doy mi palabra—le promete el magistrado.

XXIV

EL TELÉFONO DE Derek no da señal, por lo que Almanzor decide visitar directamente la casa. Un grupo de niños que juegan a la pelota y dos señoras se quedan mirándolo fijamente. Llama al telefonillo, pero tampoco responden. El ascensor tiene un cartel de fuera de servicio, por lo que sube por las escaleras a paso ligero hasta el octavo. La puerta chirría al abrirse y detrás ve a una mujer con mal aspecto, casi raquítica, que ha perdido todo el pelo de la cabeza y gran parte del de las cejas.

—Buenos días, ¿puedo hablar con Derek?

—No se encuentra, ¿qué desea?—se extraña la mujer.

—Quería hacerle unas preguntas.

—Pase, pase. ¿Sabe? Es que ha ido con su padre a hacer un recado a los juzgados.

Almanzor tiene la tentación de responder "lo sé, vengo de allí", pero piensa que sería contraproducente.

—¿Cuál es su nombre?—observa sus delgadas costillas.

—Dafne—dice ella caminando hacia el cuarto de estar.

—Verá, Dafne, estamos investigando la muerte de una chica en un *jacuzzi* el verano pasado y, bueno, nos dedicamos a preguntar a los vecinos.

—¿A todos?—pregunta la señora, contrariada.

El inspector duda antes de darle una respuesta.

—El día en que la asesinaron había mucha gente joven; sé que su hijo Derek trabaja en un bar, por lo que es probable que tenga muchos conocidos y nos pueda ayudar a buscar al responsable, si es que es de la zona.

—Ah, vale. De hecho, si ha salido ya, está allí en el bar. No sé si tenía que pasar por aquí a recoger algo.

—¿Y su marido?

La mujer le mira, desconfiada, preguntándose qué pretende.

—Ha estado aquí unos días y se ha marchado. Se despidió esta mañana y después de hacer el recado ha salido para Valladolid. Es que tiene un circo y viaja mucho. Mi hijo es el que cuida de mí.

—Ah, sí, he visto la carpa que ponen en verano. ¿Su hijo cuida de usted?—repite Almanzor, esperando obtener algún dato adicional.

La mujer se muestra triste, toma aire y replica:

—Me salió un cáncer de mama hace tiempo. Después de dos años sin rastro de la enfermedad, me palpé el pecho y noté un bulto. Y yo, claro, asustada. Por más que iba a quimioterapia, el tumor se extendió. Al final me detectaron una metástasis que me alcanzó el hígado.

—Vaya, cuánto lo siento. ¿Volvió usted a tratamiento?

—Me fui al hospital M.D. Anderson Center, de Houston. Alfonso trabajaba como un burro, lo ha hecho toda la vida. Como no tenía, recurrió a su amigo el promotor, que le prestó dinero, prácticamente a fondo perdido.

—¿Qué promotor?

—Gerard, ¿no lo conoce? El de aquí de la inmobiliaria.

—¿Cuándo ocurrió esto?

—Eh...creo que en 2015. ¿Por qué me lo pregunta?

—No, por nada. ¿Cómo se encuentra ahora usted?

—Bueno, pues me han tenido que tratar de nuevo, pero ahora estoy mejor. Pensaba que nunca me curaría.

Me alegro. ¿Puedo pasar a mirar la habitación de Derek?

Dafne se muestra suspicaz de repente.

—-¿Y para qué, si puede saberse?

—No se preocupe, será muy rápido. Es algo rutinario, porque después completamos informes de las personas a las que nos han mandado visitar. Pura burocracia, ya sabe.

A Dafne no parece convencerle mucho la explicación, pero se encoge de hombros y acompaña a Almanzor hasta el cuarto del muchacho.

Su primera impresión es que se trata de un chico desordenado, pero que atesora muchos recuerdos. Tiene libros de poesía y de narrativa juvenil por todas partes. Destacan "Las flores del mal" de Baudelaire, "Una temporada en el infierno" de Rimabud, "El lobo estepario" de Herman Hesse y "Crimen y castigo" de Fiódor Dostoyevski. En uno de los cajones, tapada por facturas, una foto agarrado a una morena. Los dos cargan con mochilas al hombro por un camino lleno de piedras. Debajo, una postal partida en varios trozos. Está firmada:

"Esto es genial. Estoy aprendiendo muy bien el idioma de Asterix. He visto el Louvre, Notre Dame y la Torre Eiffel. Ojalá vengas conmigo la próxima vez. Te quiero. Marta." El escritorio está lleno de papeles en pilas que se sostienen de puro milagro, apuntes del instituto y de cursos relacionados con hostelería y turismo. En uno de ellos figuran teléfonos que parece haber copiado desde la agenda, sin pensar. Almanzor guarda la hoja en el bolsillo del pantalón, hace un par de fotos desde la puerta y vuelve al salón, donde encuentra a Dafne despatarrada en el sofá.

—Muy amable, gracias. Mejórese.

—Gracias a usted.

Cuando Almanzor saca el papel del bolsillo, se da cuenta de que ha visto esa caligrafía en otra parte. "El mensaje amenazador que nos pusieron en el coche", piensa. La tinta corrida indica que es zurdo. Lástima que no haya tiempo para confirmarlo analizando más a fondo los trazos.

Almanzor corre al vehículo y se dirige al bar. El dueño del local, perplejo porque Derek no ha acudido al trabajo, le dice que el chico es muy trabajador y puntual. Tras unos cuantos intentos fallidos de contactar con él, el inspector se apresura a telefonear a Dafne para pedirle el número de Alfonso, que ha cometido el error de no recabar.

—¿Alfonso Zurbarán? Soy José Javier Almanzor, Inspector de Policía Nacional. Le llamo porque estamos tratando de localizar a su hijo. No se encuentra en casa ni en el bar.

—¿Cómo? ¡Qué raro! Tenía turno de mañana hoy.

—Lo sé, he hablado con su mujer, que me ha facilitado su celular, pero está apagado.

—¿Le ha llamado ella?

—Me han avisado desde el bar—miente Almanzor.

—Estoy de camino a Valladolid por negocios. ¿Vuelvo a Oropesa? Si se entera de algo...

A Almanzor le huele a que el padre está demasiado tranquilo como para no saber nada. Le queda una última llamada por realizar, pero se está quedando sin batería.

—Roberto, necesito que rastrees el teléfono que te voy a dar. Es de Derek, el camarero del bar que hay cerca de la urbanización. ¡Deprisa!

El oficial introduce las coordinadas en el ordenador.

—Se dirige al aeropuerto.

 —¡No tengo casi batería. Síguele la pista por el móvil! ¡Corre! Te espero allí.

Roberto se pregunta qué está ocurriendo, pero obedece sin rechistar.

Almanzor apaga el dispositivo durante el trayecto. Lo enciende al llegar a la terminal, donde deambula sin rumbo fijo. Roberto aparece tres minutos después.

—Puerta de embarque J40-J5, planta 1, Jose.

—¡Corre!

Con la respiración entrecortada, Almanzor trata de describirle al camarero y a su padre. Mientras lo hace, choca con varios turistas que, enfadados, no dudan en dedicarle insultos.

En su carrera desenfrenada, se abren paso entre la gente que sube por las escaleras mecánicas, pidiendo permiso a voces. En la sala de espera, un grupo de franceses espera el vuelo a París, que está a punto de salir. De pie en una esquina, Alfonso y Derek se abrazan mientras el muchacho sostiene la tarjeta de embarque en la mano izquierda, lo cual lo delata.

—Derek y Alfonso Zurbarán—dice Almanzor, bajo la atenta mirada del resto.

XXV

12 de septiembre de 2019

EL ABOGADO DEFENSOR de Brendan expone ante el tribunal:

—Señoría, Derek Zurbarán tenía antecedentes de agresión. Manuel Jiménez ha declarado que el acusado le pegó una paliza por salir con su exnovia, Marta—mira a la chica, que asiente, y continúa su exposición—. Derek reconoce haber introducido hielo seco en el *jacuzzi* privado la noche anterior a la que sabía que Brendan y Malory iban a alojarse. El hielo seco o nieve carbónica no es tóxico en sí, como sí lo es el monóxido de carbono, pero el dióxido de carbono acumulado en cantidades excesivas puede llegar a provocar la muerte, como ocurrió en este caso. La falta de experiencia y el acceso a dicho material, con la falsa coartada de que era para un evento en el circo, dejan en evidencia que para conseguirlo recurrió a su padre, el señor Alfonso Zurbarán, quien debe ser castigado por su complicidad.

Ha quedado demostrado que, la mañana del crimen, Lidia Rueda, recepcionista de la empresa proveedora, se limitó a introducir en la piscina este químico en las cantidades habituales. Debido a su corta exposición al mismo, solo se notó ligeramente mareada, sin achacarlo al hielo, pero Derek actuó tan a sangre fría que le habría dado igual quién muriera.

El abogado del señor Zurbarán ha indicado que no hubo ensañamiento ni alevosía. Sin embargo, el hecho de que Derek virtiera el producto obedeciendo al fallecido Anthony Heredia, que buscaba vengarse de una infidelidad y además era, según el perfil que se ha hecho de él, un psicópata manipulador con antecedentes de delitos violentos, no constituyen atenuantes para que se le aplique la acusación de asesinato y no homicidio, ya que hay concurrencia de precio o recompensa.

Derek cobró dinero que efectivamente invirtió en el tratamiento de la enfermedad de su madre, pero las pruebas indican que se quedó con buena parte del beneficio obtenido, el cual completó trabajando con tráfico de cocaína a pequeña escala trabajando para la banda de Vladimir Ivanov, que está cumpliendo una pena de prisión por trata de blancas y contrabando de droga, como él mismo acaba de declarar.

El señor Ivanov era socio de Gerard Briand. Este le traicionó porque le robaba los negocios y "sus métodos eran esclavistas y denigrantes", cito textualmente lo que dijo el señor Briand a la Guardia Civil. Derek quiso hacerle daño provocando un crimen en su urbanización. Si le hubiera importado tanto su madre, no habría pedido a su padre, el señor Alfonso Zurbarán, que lo llevara al aeropuerto para huir hacia París.

Por si fuera poco, el análisis de su escritura indica que trató de incriminar a Alejandro, el socorrista, que no ha cometido ningún tipo de delito, un pobre hombre que trabajaba honradamente para sacar a adelante a su bebé. Por lo tanto, estamos ante un criminal a sangre fría, manipulador, mentiroso y cobarde. Le daba igual si mataba a Brendan, a Malory, o a los dos, y si no hubiese funcionado lo habría intentado por otros medios—.

Almanzor reflexiona acerca de la argumentación del abogado. "Nada es tan simple como parece, ni existen el bien o el mal puros", piensa mientras el juez anuncia con firmeza el veredicto de culpabilidad. Quizá Malory se mareó debido a la concentración de la sustancia y cayó desplomada. El golpe en la cabeza pudo ser lo que acabó con ella. ¿Y Derek? Tal vez tuviese algún plan para reubicar a su familia en otra parte, para empezar de nuevo. En el bloc de notas, el policía apunta que su semblante durante todo el procedimiento ha sido "triste y cabizbajo".

Yaiza se separa un momento de su hermana Marta para observar a Sinead, que abraza y pide perdón a Alex por haber sospechado de él. Acto seguido Marta comienza a gritar desesperadamente. Manuel corre a abrazarla, pero ella ni lo mira. Yaiza le pide que por favor se aleje juntando las palmas de las manos. Le coloca a Marta el dedo índice en los labios, le pasa el brazo por el cuello y las dos desaparecen sin mirar atrás.

Eileen agarra de los hombros a Brendan mientras ambos lloran, hasta que finalmente él sale de la sala con una excusa cualquiera.

—¿Quieres que te lleve a casa?—le pregunta Adriana en la calle. Él la coge la mano y sonríe.

Al día siguiente, Adriana acude a la entrevista con Dafne.

—Las tareas son limpiar, preparar la comida, hacer recados...¿Tienes experiencia como cuidadora?

—Sí, he trabajado con niños durante varios años.

La mujer le parece cercana y afectuosa. Adriana se convence de que pronto recuperará la cordura.

 En su casa, Sonia felicita a Almanzor mientras él prepara la carpeta.

—Enhorabuena. Y mucha suerte, profesor.

—Ya soy como tú. Qué desperdicio de persona— bromea él.

—¿Y qué vas a hacer, meterte en Interpol? Siempre protestando—dice Sonia, mientras Izan le tira del brazo para desearle un buen comienzo en las clases.

Desde la tarima, Almanzor habla del instinto, las pasiones, la genética, la educación, el crimen y otros temas que, a pesar de su falta de sentido, todavía le resultan fascinantes.

SOBRE EL AUTOR

JORGE SÁNCHEZ LÓPEZ

Jorge Sánchez López nació en Madrid. Empezó a escribir poesía de niño y volvió a la literatura a la edad de treinta años. Después de formarse como psicólogo, se graduó en Estudios Ingleses en España. Ha trabajado como psicólogo social, editor y técnico de formación y lleva varios años preparando a alumnos para los exámenes de Cambridge en English Station, una academia situada en Parla (Madrid). Entre sus publicaciones se encuentran los libros de poemas "Sentimientos o vasos comunicantes" (Andante, 2011), "Errática textura" (Celesta, 2013) y "Aire y Ángeles" (traducción de los poemas de John Donne para Celesta, 2015). "Remontar la corriente" (Libros Indie, 2019) es su primer libro de cuentos, que ha sido ampliamente aclamado por los lectores españoles. "Hielo seco" es su primer thriller policíaco y psicológico escrito, que sale a la luz después de "Nunca debiste atravesar esos parajes", una apasionante novela de suspense del FBI ambientada en Minnesota y Tennessee sobre la desaparición de varios niños, publicada por la editorial sevillana Extravertida en 2020. También ha participado en revistas locales y tuvo un período muy activo en eventos literarios de poesía y música en la escena madrileña, realizando recitales con pianistas y guitarristas. Se centra principalmente en historias que ofrecen tensión psicológica y realismo.

www.ingramcontent.com/pod-product-compliance
Lightning Source LLC
Chambersburg PA
CBHW070656100726
47907CB00007B/2225